- MACHTKÄMPFE -

Erotische Geschichten von Demut und Dominanz

von

Tim Sodermanns

Bibliografische Information der Deutschen Bibliothek. Die Deutsche Bibliothek verzeichnet diese Publikation in der Deutschen Nationalbibliografie; detaillierte bibliografische Daten sind im Internet über http://dnb.ddb.de abrufbar.

1. Auflage – 11/2012

Impressum:

Sodermanns, Tim: MACHTKÄMPFE
Inhalt © Tim Sodermanns, 2012
Herstellung und Verlag:
Books on Demand GmbH, Norderstedt
Coverfoto: iStockphoto.com

Bildnachweis:

Foto Seite 75 © Claudia Wittner / Pixelio.de
Foto Seite 80 © Rainer Sturm / Pixelio.de
Foto Seite 84 © Paul-Georg Meister / Pixelio.de
Foto Seite 107 © Salih Ucar / Pixelio.de
Foto Seite 111 © Doatsch / Pixelio.de

ISBN: 978-3848214860

**Wen das Wort nicht schlägt,
den schlägt auch nicht der Stock.**

Sokrates

Inhalt:

- Ein Spiel -

„Was für ein perfekter Hintern" dachte er, während seine Herrin sich aufreizend lässig nach vorne beugte, um ihr Kaugummi aus dem Mund direkt in den am Boden stehenden Küchenmülleimer zu entsorgen.

Die junge Frau hatte das unschuldige Ding die letzten Stunden unbewusst derart ausdauernd mit den Zähnen malträtiert, dass jeglicher Geschmack bereits längst verflogen gewesen war, während sie noch entspannt auf der Couch gelegen, gelesen und dabei nicht weiter beachtet hatte, was um sie herum vorging.

So lief es oft an ihren freien Samstagen, wenn seine Herrin es sich nach dem Frühstück mit ihren Zeitschriften bequem machte, während er den Tisch abräumte, abspülte und die kleinen, unliebsamen Dinge des Haushalts erledigte.

Es war nicht so, dass sie dabei jederzeit mit der oft zitierten Peitsche hinter ihm stand und ihn antrieb. Viel mehr wurde in ihrer Beziehung vom Sklaven erwartet, dass bestimmte Dinge wie selbstverständlich erledigt wurden.

Er genoss es auch, diese Arbeiten für Sie zu erledigen, derart für sie da und somit ihr gefälliger Diener zu sein, ebenso wie er es selbstverständlich genoss, hierfür von Zeit zu Zeit ihre gnädige Anerkennung zu finden.

Das wachsames Auge der Herrschaft ruhte schließlich ständig auf ihm und was seine Gebieterin unter Gehorsam verstand, das hatte sie ihren Untertan in den letzten Jahren sehr wohl und zudem auch sehr schmerzhaft gelehrt.

Der Deckel des Mülleimers schloss sich bereits wieder mit einem leisen metallischen Scheppern, während der Sklave immer noch hinter seiner Herrin stand, wie hypnotisiert, unfähig den Blick von ihrem apfelförmigen Gesäß abzuwenden.

„Kunstleder, eine tolle Erfindung", befand er sodann und musste bei dem Gedanken lächeln, denn der kurze Rock vor ihm bestand aus eben jenem Polyester-Elasten Gemisch und saß dermaßen eng am makellosen Körper seiner Herrin, dass sich das kleine Dreieck ihres String Tangas deutlich durch den glänzenden Stoff abzeichnete.

Endlich trug sie die Strings wieder, endlich war der Frühling da. Verschwunden waren die weiten und teilweise schon etwas unansehnlichen Slips aus der Winterschublade, gewichen einem Hauch von Nichts, welcher nur das Allernötigste verbarg. Einem Hauch von Nichts, welcher ihren von ihm angebeteten Hintern eher umschmiegte und betonte, denn ihn zu verhüllen.

„Sehen wir etwas, dass uns gefällt?", fragte die Herrin plötzlich und derart unvermittelt in die vorherrschende Stille hinein, dass er erschrocken zusammenzuckte.

Von ihm unbemerkt hatte sie sich umgewandt und ihn derart schon einige Sekunden fragend gemustert, während er noch in seinen Unterwäschefantasien geschwelgt hatte.

„Du, du siehst bezaubernd aus", stammelte er sodann und errötete leicht, als er endlich seinen Blick hob und ihren herausfordernden, süffisanten Gesichtsausdruck sah.

Er kannte diesen Ausdruck nur zu gut.

Stets hatte er ein Gefühl von Hilflosigkeit und beinahe Scham empfunden, hatte sie ihn auf diese Art angesehen.

Sie aber lachte nur laut, und auch wenn zweifelsohne viel Wärme in diesem Lachen lag, so wusste er doch, dass die Zeit der Hausarbeit für ihn vorbei war und sie sich nun auf andere, grausame Weise mit ihm vergnügen wollte.

Er lag richtig.

Ganz langsam, katzengleich kam sie bald ruhig auf ihn zu.

Fast schnurrte sie beim Blick auf ihr Opfer, derart erregt schien sie, und blieb schließlich so dicht vor ihm stehen, dass er ihren Atem im Gesicht spüren konnte.

„Ganz schön unverschämt, mich heimlich anzugaffen, während ich dir den Rücken zuwende, oder Sklave?", flüsterte sie mit ruhiger, aber dennoch strenger Stimme.

Ein kurzes Duell mit Blicken nur, schon errötet er noch stärker und konnte dem Drang letzten Endes nicht widerstehen, seinen Blick gen Boden zu senken.

Erneut hörte er darauf dieses leicht spöttische Lachen neben sich, während sie ihm umschritt, gefolgt vom Gefühl ihrer feuchten Lippen auf seiner Haut, als sie ihm hinter seinem Rücken stehend einen zärtlichen Kuss in den Nacken hauchte.

„Wie geht's denn meinen kleinen Freunden?", fragte sie sodann und im selben Moment spürte er auch schon, wie sich eine Hand ihren Weg zwischen seinen Schenkel hindurch nach vorne zu seinen Hoden bahnte, diese fand und schließlich mit festem Griff umschloss.

„Wie soll es ihnen schon gehen?", erwiderte er leise, wobei er einen leichten Anflug von Trotz in der Stimme nicht verbergen konnte.

Er war einfach übermächtig, der angestaute Frust, bemühte Fred sich auch noch so tapfer darum, seine Freundin auf keinen Fall merken zu lassen, wie er empfand.

Sie aber kannte ihn nur zu gut, las in ihm wie in einem Buch und wusste genau, welch Aufmüpfigkeit sich da ihren Weg zu bahnen drohte.

Unwillkürlich wurde ihr Griff fester und bald schon zuckte der Schmerz durch Freds Unterleib, als wäre ihm ein Messer in den Selbigen gestoßen worden.

„Na na, wer wird denn gleich so patzig sein? Willst du etwa, dass wir unser Spiel diesen Samstag mal eine Runde aussetzen?" fragte die Herrin unvermittelt in sein nun schmerzverzerrtes Antlitz, genoss ihren Triumph sichtlich und ließ seinen Hoden nach Beendigung des Satzes genau so viel Freiraum in ihrer Hand, dass er sich etwas entspannen und ihre Frage beantworten konnte.

„Nein, so habe ich das nicht gemeint. Es ist nur so. Wie sollen sie sich schon fühlen, nach so langer Zeit?" erwiderte er hastig ebenso schnell wie kraftlos.

„Alles, bloß nicht aussetzen, nicht noch eine Woche" schoss es ihm dabei panisch durch den Kopf. Waren seine Chancen mittlerweile auch sehr gering, sich endlich die ersehnte Erleichterung verschaffen zu dürfen, so war dies immer noch viel besser, als die Gewissheit, seine Chance vertan zu haben.

Das mit dem „Spiel" war damals allein ihre Idee gewesen. Sie hatte sich diese Teufelei einfallen lassen, aber er war es gewesen, der ihr leichtsinnigerweise die Kontrolle über seine Sexualität übertragen hatte.

Es war ihm nicht leicht gefallen, denn auch wenn er diesen Gedanken seit vielen Jahren mit sich herumgetragen hatte, so kam er sich dennoch seltsam dabei vor, ihr ein solches Angebot tatsächlich zu unterbreiten.

Er wollte, dass sie es genoss, Kontrolle über ihn zu haben. Er wollte, dass sie die Zeit seiner Enthaltsamkeit selber in einem Maße genoss, wie er es genießen würde, diese für sie zu ertragen.

Das es oft schwer werden würde, wenn seine Freundin ihn buchstäblich „bei den Eiern" hatte, das hatte er sich schon gedacht. Welchem Martyrium er sich letztlich dadurch auslieferte, aber nicht auch nur annähernd ermessen können. Es war ein Fetisch gewesen, mehr nicht. Aber als sich nach einigen Monaten ihrer Beziehung ihre Klagen darüber häuften, dass er sich fast täglich befriedigte und angeblich schärfer auf seine Pornos als auf seine Partnerin war, da hatte er die Gelegenheit beim Schopfe ergriffen und ihr seinen geheimen Wunsch offenbart.

„Du willst, dass ich es dir verbiete?", war ihre Antwort gewesen, nachdem sie ihn einen langen Augenblick etwas verständnislos angesehen hatte, wohl um in seinem Blick nach einer Antwort auf die Frage zu suchen, ob er sich wieder einmal nur einen seiner Scherze mit ihr erlaubte.

Er aber hatte nur ernst drein geschaut und gehofft, dass sie weder lachen noch ihn für verrückt erklären würde, während er sie mit rasendem Herzen betrachtete.

So hatte damals also alles angefangen.

Schon nach ein paar Wochen war es für beide selbstverständlich geworden, dass er sich „da unten" nicht mehr ohne Erlaubnis berühren durfte. Normal wurde es auch, dass sie es war, die über Art und Häufigkeit des Beischlafes entschied und ihm bisweilen die Erlaubnis gab, sich selber vor ihr auf den Knien zu befriedigen.

Natürlich war es nicht einfach für ihn gewesen.

Der Mensch ist nicht nur ein Gewohnheitstier, sondern gerade die männlichen Exemplare dieser Spezies neigen im Durchschnitt dazu, weit öfter sexuelle Befriedigung zu suchen, als ihre Frauen dieses Verlangen im Allgemeinen verspüren. Während er es gewohnt gewesen war, seinen Trieben mindestens täglich nachzugeben, hatte sie manchmal Tage oder gar Wochen kein Interesse, sich mit ihm zu vergnügen.

Spannungen waren die Folge, denn während sie sich immer mehr genötigt fühlte, sich mit seiner Keuschheit zu befassen, wuchs in ihm das Gefühl, das es ihr im Grunde gleichgültig war, ob er für sie litt oder nicht.

Sie war es bald leid, wenn er von seinen geschwollenen Hoden berichtete und darüber, wie geil er wieder einmal war. Ihn hingegen verletzte es, betonte sie stets, dass er ja nicht wegen ihr keusch leben müsse, sondern sie es schließlich nur ihm zuliebe tat. Sie liebten sich innig, stritten aber immer häufiger.

Die Beziehung bewegte sich auf ein ziemlich kurz bevorstehendes Ende zu, als sie eines Abends mit einem „Scrabble" Spiel unter dem Arm nach Hause gekommen war, ihn glückselig angelächelt und dabei erklärte hatte, sie habe die Idee, wie ihr Sexualleben von nun an geregelt werden würde.

„Ein Scrabble Spiel, wie soll das denn helfen?" hatte er sich damals gewundert, wusste aber heute nur zu gut, was sie sich an diesem Abend ausgedacht hatte. Er hasste und liebte dieses Spiel mittlerweile mehr, als er sich es je hätte vorstellen können.

„Nun, sie sind hart und geschwollen. Ich mag das. Wie lange ist es jetzt her?" fragte sie, seine Hoden dabei immer noch in der Hand wiegend und riss ihn somit schlagartig aus seinen Gedanken.

„Es werden heute 4 Wochen", antwortete er, wobei er versuchte, seine Gier zu unterdrücken und seiner Stimme einen Klang von Ergebenheit zu verleihen.

„Vier, ja? Das wäre dann also ein neuer Rekord" sagte seine Herrin leise, wie zu sich selbst und offenbar unschlüssig darüber, wie weiter zu verfahren sei. Dann aber fuhr plötzlich ein Ruck durch ihren Körper. Sie ließ ihn unvermittelt los und eilte mit den Worten: „Ich hole sie, geh in Position" aus der Küche.

In Position bedeutete, dass er sich im Wohnzimmer nackt auf den Perser knien und sie dort erwarten sollte, was er mit einem aufgeregten Strahlen im Gesicht auch umgehend tat. Mit „sie holen" war das kleine grüne Säckchen gemeint, welches seine Frau in der Hand hielt, als auch sie kurze Zeit später breit grinsend das Wohnzimmer betrat.

Betont lässig setze sie sich auf die Couch, ungefähr einen knappen Meter von ihm entfernt, schaute belustigt zu ihm herüber und warf das Säckchen mit den Worten: „Du kennst ja mittlerweile die Regeln" vor ihm auf den Teppich. In ihrer Stimme hörte er dabei dieselbe Erregung, welche auch auf seinem Gesicht abzulesen war, und natürlich kannte er die Regeln, die sie für ihn festgelegt hatte.

Bei dem oben mit einer Kordel verschlossenen Säckchen handelte es sich um den Buchstabenbeutel des „Scrabble" Spiels, welches sie an jenem besagten Abend vor über zwei Jahren freudestrahlend mit nach Hause gebracht hatte. Handelsübliche Ware also, mit „Scrabble" allerdings, hatte ihr „Spiel" nicht viel gemein. Im Beutel hatten sich damals 102 kleine Holztäfelchen mit Buchstaben befunden, als sie zu spielen begonnen hatten, wobei zwei Täfelchen unbeschriftete Joker gewesen waren.

„Es ist ganz einfach", hatte sie gesagt. „Du ziehst jeden Samstag einen Buchstaben aus dem Säckchen. Ziehst du einen Vokal, so hast du gewonnen und darfst abspritzen. Ziehst du aber einen Konsonanten oder Joker, so wartest du eine weitere Woche." Er hatte geschluckte, sie mit weit aufgerissenen Augen angestarrt, doch bevor er etwas hatte erwidern können, hatte sie bereits mit einem Lächeln: „Oh, und natürlich kommt in diesem Falle das Täfelchen wieder zurück in den Sack", ergänzt.

Das war es also.

Ganz simpel eigentlich und doch teuflisch, hatte sie das Spiel ja so angelegt, dass es mit jedem Mal, wenn er gewann, nicht nur die Freude darüber gab, sondern ihm jeder Erguss auch die Gewissheit brachte, dass es beim nächsten Mal noch schwieriger werden würde. Stand seine Chance beim ersten Mal einen der 38 vorhandenen Vokale zu erwischen immerhin bei 38 Prozent, so sank sie bereits nach fünfzehn erfolgreichen Versuchen auf nicht einmal mehr zwanzig Prozent herab.

Die bereits gezogenen Vokale blieben ja draußen, was bald zu immer ausgedehnteren Keuschheitsphasen des Sklaven führte. Seine sadistische Frau stellte diese kleinen Os, As, Is und Us gar zu ihrem Vergnügen auf ein kleines Regalbrett, welches er eigentlich für ihre Weihnachtsengel über dem Fernseher angebracht hatte. Dort standen die Äs, Ös und Üs, verhöhnten ihn geradezu und machten alles noch schlimmer.

Jede Woche Samstag war nun „Scrabble" Abend.

Allerdings war es durchaus auch vorgekommen, dass sie es ihm verwehrt hatte, einen Buchstaben zu ziehen, weil er sich - ihrem Ermessen nach - in der vorhergegangenen Woche keine Chance auf einen Orgasmus verdient hatte.

„Bitte einen Vokal", flehte er, während er das Säckchen in der Hand hielt und nervös versuchte, den Doppelknoten zu öffnen, mit dem Sie es nach seinem letzten erfolglosen Versuch vor einer Woche kichernd verschlossen hatte.

Es gab fünf Mal den Buchstaben A. Jeweils sechs Mal die Buchstaben U und I, sogar fünfzehn Mal das E, aber da sie dieses Spiel bereits fast zwei Jahre spielten, hatte er zusammengerechnet bereits 26 Vokale gezogen. Sechsundzwanzig demütigende Absamungen auf den Knien genauer gesagt, was ihm heute lediglich eine Chance von 10% ließ, nach vier Wochen Entbehrungen endlich wieder kommen zu dürfen.

„Eins zu zehn", dachte er, während er die Hand in den nunmehr geöffneten Beutel schob und die Buchstaben durch seine Hände gleiten ließ.

Sie hatte diese letzten Jahre genossen.

Sie liebte ihr Spiel, denn er war jetzt völlig in ihrer Hand, ohne die Chance zu betteln oder ihr ständig mit seiner Keuschheit auf die Nerven zu gehen.

Selbstverständlich war sie die letzte Instanz. Zu besonderen Anlässen wie Geburtstagen und Weihnachten etwa war sie gnädig gewesen und hatte ihren Mann außerhalb der Reihe kommen lassen, aber im Grunde lag es nicht in ihrer Hand, wann und ob er überhaupt einen Orgasmus hatte.

Der Druck war weg.

Was geblieben war, war die Kontrolle, was sich für sie durchweg positiv anfühlte. Sie genoss es sehr, wenn er mit andauernder Keuschheit immer lüsterner und dabei zugleich ergebener ihr gegenüber wurde, weil er sich in ihrer Hand und ihrer Gnade ausgeliefert wusste.

Es erregte sie zudem, ihn von Zeit zu Zeit etwas zu peinigen, indem sie ihn anfasste, ihn mit Worten erregte oder aufreizende Kleidung trug, welche er schon immer sehr an ihr gemocht hatte. Teilweise sehr aufreizende Kleidung sogar, in der sie sich seitdem wohlfühlte, weil sie jetzt zu ihrem Spiel gehörten. Sie trug diese Sachen jetzt zur Steigerung seiner Qual, ausschließlich zur Steigerung ihrer eigenen, statt zur Befriedigung seiner Lust.

Kurzum, es machte ihr Spaß sich von ihm sexuell bedienen zu lassen, ohne ihn dabei zu befriedigen. Wohl wissend, dass er des Nachts manchmal neben ihr wach lag, weil er vor Geilheit nicht in den Schlaf fand oder nächtliche Erektionen und die damit verbundenen Schmerzen ihn geweckt hatten. „Musste wirklich sehr unangenehm sein, wenn das Blut mit Macht in den Penis zu strömen versucht und dieser sich nicht ausdehnen kann.

Bestimmt waren es Höllenqualen, drückte die empfindliche Eichel gegen die kleinen spitzen Kunststoffnoppen an der Innenseite des Keuschheitsgurtes", dachte sie bei solchen Gelegenheiten erregt, hatte sie auch manchmal Mitleid.

Der CB6000 Keuschheitsgurt - oder besser Keuschheitskäfig, denn die Konstruktion schloss nur um den Penis und ließ dabei sowohl Hoden als auch seinen Schritt frei - war leider absolut notwendig gewesen. Mit ansteigender Dauer der Keuschhaltung war es ihm einfach nicht mehr möglich, sich selber unter Kontrolle zu halten.

Natürlich hatte sie das zunächst enttäuscht, erwartete sie doch, dass er es für sie ertrug, ohne dazu gezwungen zu sein. Aber mit der Zeit war ihr der Gedanke, dass sie ihn auf diese Weise weit über das sonst Mögliche hinaus enthaltsam halten konnte, sehr sympathisch geworden. Der Gurt gab ihr die absolute Gewissheit und Kontrolle darüber, dass er sicher verschlossen war, und er hatte auf diese Weise die Sicherheit, dass er nicht schwach werden und sie enttäuschen konnte.

„Nun mach schon", sagte sie ungeduldig, als er - immer noch gänzlich nackt vor ihr kniend - die kalten Täfelchen in der Hoffnung durch seine Finger rinnen ließ, einen Vokal zu erhaschen. Es mochte normalerweise kein Problem darstellen, die Vertiefungen mit etwas Übung zu ertasten und somit die Buchstaben zu erkennen, allerdings war sie diesem Trick bereits vor vielen Monaten auf die Schliche gekommen.

Jener „Trick" hatte ihm nicht nur Zweimaliges aussetzen und somit sichere 21 Tage Keuschheit eingebracht, sondern sie auch dazu veranlasst, die „Scrabble Deluxe Edition" anzuschaffen, bei welcher die Buchstaben nicht wie bisher eingeprägt, sondern farbig aufgedruckt waren.

„Bitte, bitte, sind doch noch zwölf drin, gib mir ein E, ein A oder O, völlig egal", sagte er leise zu sich selbst, während seine Hand sich um eines der Täfelchen schloss und er es behutsam aus dem Beutel heraus zog.

Ein kurzer Blick: Sie entspannte sich schlagartig.

Ein breites Grinsen, welches eher gemein und sadistisch denn heiter wirkte, breitete sich wie ein Lauffeuer auf ihrem Gesicht aus - er hatte verloren.

„Ein T, wir haben einen neuen Rekord", jubilierte sie, während sie den gezogenen Buchstaben aus seiner Hand nahm und zurück in den Beutel warf. Er sackte vor Enttäuschung in sich zusammen. Mindestens fünf Wochen würden es dieses Mal also werden, eine endlose Folter!

„Nicht traurig sein, ICH komme schon auf meine Kosten", neckte sie ihn noch, bereits auf dem Weg das „Säckchen des Schicksals" wieder sicher im Schlafzimmer zu verstauen, mit einer solch boshaften Freude in der Stimme, dass es in seinen Eiern augenblicklich zu kochen begann.

„Das werden lange Tage" wurde ihm klar, doch er wusste ebenso, dass er und seine Herrin sie gemeinsam genießen würden.

- Willkommen zu Hause -

„...da hast du Recht, na klar besorge ich`s ihr auch mal kräftig", hörte man ihren Freund Sven gerade noch sagen, als die große, schlanke, sportlich aber durchaus sexy gekleidete Frau den Schankraum der örtlichen Gastwirtschaft betrat.

„Eine tolle Gastwirtschaft", dachte Tara - die eigentlich Tamara hieß, diesen Namen aber hasste - spöttisch, während sie die Türe hinter sich schloss und ihren Blick durch das Innere des „Wilden Hahn" schweifen ließ.

Linoleumboden aus den 80er Jahren gab es hier, welcher - durch seine selbst im dämmrigen Kneipenlicht deutlich zu erkennende und nur stellenweise auftretende Verschlissenheit - die Laufwege standhafter Zechgesellen der vergangenen Jahrzehnte dokumentierte, wie eine Karte sämtliche Flussläufe.

Dazu stand in der Ecke neben der Eingangstüre ein Tresen, welcher wohl auch schon bessere Tage gesehen hatte. Selbst die künstlichen Blumen links und rechts neben der alten elektronischen Kasse darauf vermochten es nicht, den Raum auch nur im Entferntesten einladend wirken zu lassen.

Ein paar Schritte davor, in der Mitte des Raumes, auf einem dieser typischen, etwas altdeutsch rustikal wirkenden Kneipenstühle mit grünen Sitzkissen, ihr wild gestikulierender Freund in T-Shirt und Shorts. Mit ihm am Tisch saßen zwei Freunde, die er bereits „seit Jugendtagen" kannte, wie Sven ihr stets mit bedeutungsschwerem Unterton in der Stimme zu verstehen gegeben hatte, wann immer sie beide das

Gespräch in den letzten Jahren zurück in seine Jugend, und somit zwangsläufig auch zurück in dieses kleine Dorf, geführt hatte.

So sah es also aus, das kulturelle Zentrum der knapp 3000 Seelen zählenden Gemeinde, dem Nest also, aus dem er vor nunmehr fast zehn Jahren nach Berlin „geflohen" war. Zugegeben, sie selber war auch keine gebürtige Berlinerin und damals aus ganz ähnlichen Beweggründen von zu Hause fortgegangen wie ihr Freund Sven.

Auch ihr war es in dem kleinen Städtchen, in welchem sie aufgewachsen war, zunehmend enger vorgekommen. Zum Schluss hatte es sich angefühlt, wie eine Schlinge um ihren Hals, welche sich ganz langsam zuzog, Tag für Tag für Tag. Tara drohte damals zu ersticken, da half nur noch panische Flucht. Sie liebte ihre Eltern, welche noch immer in ihrem gemeinsamen Geburtsort wohnten, und natürlich gab es in ihrer Heimat ebenso eine knappe Handvoll alter Freunde, welche sie wiederum bereits aus Schultagen kannte. Es war durchaus wichtig, die Bodenhaftung nicht zu verlieren, gerade bei ihrem extravaganten Lebensstil.

Anfangs war Tara dann auch hoch erfreut und sogar ein kleines bisschen stolz gewesen, als Sven sie vor drei Wochen gefragt hatte, ob sie ihn beim Besuch seiner Eltern nicht erstmals begleiten wolle.

Im Grunde war es ja auch ein nettes Fest gewesen, was zugegeben auch etwas daran gelegen hatte, dass die Familie sich längere Zeit nicht gesehen und somit überwiegend mit sich selber beschäftigt gewesen war. Ein „Hallo" hier, ein „lass dich drücken" dort, alles in allem o.k., aber auf die Dauer eben doch anstrengend, wie Familienbesuche es nun einmal sind.

Heute war nun ihre Rückreise nach Berlin geplant, aber verständlicherweise wollte Sven nicht weg, ohne seine alten Freunde wenigstens ein paar Stündchen getroffen und ihnen seine langjährige Freundin vorgestellt zu haben.

Tara selber war von dem Gedanken einerseits überrascht, andererseits beglückt gewesen. „Es ist doch ein gutes Zeichen, dass er mich seinen Freunden vorstellen will" hatte sie sich in Gedanken gut zugeredet, doch war sie auch etwas besorgt gewesen. Die Art ihrer Beziehung war schließlich nicht gerade als gewöhnlich zu beschreiben, und Dorfbewohner galten gemein hin nicht gerade als tolerant Fremdem gegenüber.

Es war nicht so, dass Tara sich in irgendeiner Weise für das schämte, was sie und Sven zusammenlebten. Aber sie wusste, dass die Vorstellung, dass ihr alter Kumpel mittlerweile als Sub einer Frau lebte, welcher er Gehorsam und Treue geschworen hatte, eventuell ein gutes Stück über das hinausging, was die Freunde dieses ehemaligen Querulanten sich vorstellen konnten. Sie beide hatten da, was ein Outing gegenüber Freunden anging, bereits so ihre Erfahrungen gemacht, und es waren nicht nur welche der guten Sorte gewesen.

Standesgemäß hatte sie ihm ihre Bedenken im Vorfeld ihrer Reise mitgeteilt, aber er hatte sie nur mit seinem gewinnenden Lächeln angesehen und ihre Einwände mit einem: „Ich habe nicht vor irgendein Doppelleben zu führen", entkräftet.

„Wir lieben uns und sind zusammen glücklich. Das sollte alles sein, was Familie und Freunde interessiert" hatte ihr Sub nur kurz gesagt.

Natürlich hatte er damit völlig Recht.

Ein Doppelleben führen war auch nicht, was sie wollte. Er war ihr Freund, ihr Partner, ihr Geliebter. Aber natürlich war er auch ihr Diener und es war Grundlage ihrer Beziehung, dass Tara weite Teile ihres Zusammenlebens kontrollierte, während Sven sich ihren Wünschen und Entscheidungen unterzuordnen hatte. Eine nicht gleichberechtigte Beziehung eben, in der die Partner zwar gleichwertig waren, aber längst nicht die gleichen Rechte und Pflichten besaßen. Eine Art Arbeitsteilung war es, die sie da lebten. Eine Arbeitsteilung, welche sich in den vergangenen Jahren bestens eingespielt hatte, so gut, dass ihre Rechte über ihn ständig gewachsen waren.

Zu Taras Erleichterung war Sven im Umgang mit seiner Familie auch in ihrer Gegenwart locker und natürlich gewesen, wobei er aber auch stets darauf achtete, keinen Moment anders zu handeln, als sie es im Vorfeld von ihm verlangt hatte.

Als sein Vater ihn auf der Feier zur Seite genommen und mit den Worten: „Mein Sohn, die Tara hat aber ganz schön die Hosen bei euch an" zur Rede gestellt hatte, war sie für einen Moment versucht gewesen, ihrem Partner beizustehen. Doch seine kecke Antwort: „Ja, das brauche ich auch so", hatte nicht nur seinen Vater beruhigt, sondern sie auch voller Stolz erstrahlen lassen.

Es machte sie stolz, dass er zu dem stand, was sie lebten und füreinander waren.

Es war für sie selbstverständlich, dass Sven sie wie eine Göttin behandelte!

Eine Aussage wie: „Natürlich besorge ich`s ihr auch mal kräftig" passte da aber auch so gar nicht ins Bild. Sicher, auch Frauen sind keine Unschuldslämmer.

Manch lockeren Spruch nach dem dritten Prosecco in einer Frauenrunde wollte sie ihm gegenüber auch nicht gerade wiederholen, aber hatte er es wirklich nötig, hier seinen Freuden gegenüber den wilden Mann raushängen zu lassen?

Mit dem Rücken zur Türe sitzend hatte ihr Geliebter bisher noch nicht einmal bemerkt, dass Tara in den Raum getreten war. Einer seiner Freunde hingegen hatte sofort den Blick gehoben und musterte sie nun auf eine Weise, welche so offensichtlich und fast schon aufdringlich war, dass es ihr auf jeden Fall auffallen musste.

„Vielleicht ist dies seine Art Interesse an einer Frau zu zeigen", dachte Tara und fragte sich, ob sein Vorgehen bei den Dorfschönheiten wohl oft von Erfolg gekrönt sein mochte, während sie die paar Schritte durch den Schankraum ging und leise von hinten an ihren Freund herantrat.

„Hallo Liebling", sagte sie bestimmt und etwas lauter, als es in der nicht gerade gut besuchten Kneipe wirklich nötig gewesen wäre, was seine Wirkung keineswegs verfehlte.

Während Sven beim plötzlichen Klang ihrer Stimme furchtbar zusammenzuckte und fast aufsprang, legte sie ihm nur souverän beruhigend ihre Hand auf die Schulter und lächelte zärtlich zu ihm herab.

„Oh, hallo Schatz, da bist du ja schon", sagte er, immer noch verdattert, fing sich aber schnell wieder und stellte ihr seine Tischnachbarn prompt mit den Worten: „Das ist der Frank und das der Waldi, hab dir ja von ihnen erzählt" vor.

„Hoffentlich nur Gutes" fiel derjenige, den Sven ihr als Frank vorgestellt hatte, ihm auch schon ins Wort, erhob sich und streckte Tara die Hand zum Gruße hin.

„Hallo, ich bin Tara", sagte sie, ergriff seine Hand und schüttelte sie fest, wobei ihr Gegenüber sie die ganze Zeit mit einer Mischung aus Überheblichkeit und Lüsternheit angrinste.

„Haben gerade über dich gesprochen", fügte Frank nun noch breiter grinsend hinzu, während er betont langsam wieder am Tisch Platz nahm. „Dieser Arsch", dachte Tara bei sich, versuchte aber, sich nichts anmerken zu lassen und verzog keine Miene.

„Hallo, schön dich kennenzulernen", sagte nun auch Waldemar und reichte ihr ebenfalls die Hand, allerdings ohne sich zu erheben oder sie auch nur eines Blickes zu würdigen. „Na, das kann ja heiter werden" schüttelte Tara innerlich den Kopf und setzte sich - ohne eine Rührung zu zeigen - neben ihren Freund.

Es kochte in ihr, brodelnde Empörung.

Nicht genug, dass diese Kerle sich sie beide - ob der Bemerkung ihres Freundes hin - wahrscheinlich gerade beim Sex vorstellten, während sie ihnen gegenüber saß. Nein, ihr ach so ergebener Diener war auch noch dabei, grinste wie ein Honigkuchenpferd und hatte darüber hinaus zudem keinerlei Anstalten gemacht, sich zu erheben und seiner geliebten Herrin einen Platz anzubieten.

Sie hatte ihn bewusst eine Stunde früher zum Treffen gehen lassen, damit er sich nach der langen Zeit ganz ungestört mit seinen Freunden unterhalten konnte. Ja, das hatte sich auch auf Unterhaltungen mit ihnen bezogen, welche seine Freundin - also sie höchstselbst - zum Thema haben würden. Aber das ihr Freund sich binnen 60 Minuten auf ein solches Niveau herablassen würde, das hatte Tara wirklich nicht erwartet.

„Nun, ich hoffe doch, auch nur Gutes, oder?", erwiderte sie Frank eiskalt mit fester Stimme, wobei sie ihren Sub derart offensichtlich vorwurfsvoll ansah, dass diesem sein Grinsen umgehend verging.

„Natürlich Schatz", antwortete er verlegen und versuchte, es möglichst beiläufig klingen zu lassen, damit sie nur ja nicht tiefer bohrte. Nichts konnte er im Moment schließlich weniger gebrauchen, als das sie sich bei seinen Freunden genauer nach dem Thema ihrer soeben plötzlich unterbrochenen Unterhaltung erkundigen würde.

„Nur das Allerbeste" bestätigte Waldi zwinkerte Frank dabei zu und konnte sich das Lachen kaum verkneifen. „Na wartet", dachte Tara „euch wird das freche Grinsen schon noch vergehen", verbarg ihre Wut aber und lächelte die beiden - die sich offenbar selber für die größten Spaßmacher seit Loriot hielten - unschuldig an.

„Bloß keine Schwäche zeigen, lass dich nicht provozieren. Da stehst du doch drüber" sagte sie zu sich selbst und bemerkte bald darauf, dass dies kein Wunschdenken war, sondern tatsächlich den Tatsachen entsprach.

Sicher, es waren alte Freunde und Tara hatte nicht vorgehabt, ihren Freund bloß zu stellen. Aber es waren eben nicht ihre alten Freunde, und was diese Kaffer über sie oder ihre Art zu leben dachten, das war ihr im Grunde völlig egal. Man lernte mit den Jahren, dass es nur Zeit und Mühen kostete, sich den Kopf darüber zu zerbrechen, wie es wohl auf andere wirken könnte, was einen selber und den Partner glücklich macht. Man lernt auch, dass es gar nicht so wichtig ist, dass Außenstehende verstehen, was man da macht.

Bei ihrem Freud freilich war das etwas anderes! Er war ihr Sub und wusste daher nur zu genau, welches Verhalten seiner Göttin gegenüber angebracht war.

Nun gut, das würde sie später mit ihm alleine klären. Jetzt galt es erst einmal, ihn und sich selber gegen diese zwei „Jugendfreunde" zu verteidigen, welche er – wie Tara den Sprachfetzen des vorangegangenen Gesprächs zwischen den Jungs zu entnehmen glaubte - bereits in die Art ihrer Beziehung eingeweiht hatte.

„Liebling, hol mir eine Cola vom Tresen", forderte sie Sven sodann auch umgehend auf, sich seiner Position bewusst zu werden. Auch vor seinen Freunden erwartete Tara schließlich, dass er sich entsprechend um sie kümmerte.

„Ja Sven, geh deiner Herrin doch mal eine Cola holen und bring mir gleich noch ein Bierchen mit" prustet Frank als Reaktion auf Ihre Worte sogleich los, das Wort „Herrin" dabei derart übertrieben betonend, dass es in ihren Ohren provozierend und lächerlich zugleich klang.

Waldi hingegen blieb still, verzog keine Miene und starrte sie weiterhin einigermaßen ungläubig schweigend an.

Sven errötete schlagartig, erhob sich dennoch tapfer und setzte sich – allerdings ohne eine Antwort zu geben - in Richtung Tresen in Bewegung.

„Ich glaube, der Frank kann sich sein Bier sehr wohl selber holen", rief Tara ihrem Geliebten sofort wortgewandt hinterher, worauf er sich kurz zu ihr umwandte, nickte und sodann seinen Weg fort setze. „Typisch", dachte sie, da denkt dieser Kerl doch gleich, dass er sich jetzt meinem Sub gegenüber was herausnehmen kann, weil ich dabei bin und er sich mir gegenüber unterordnet.

„Na, das war aber nicht nett von dir“, sagte Frank - welcher sie immer noch breit grinsend ansah - mitten in ihre Überlegungen hinein, wobei er nun allerdings auch etwas überrascht wirkte.

“Wer hat denn gesagt, dass ich nett zu euch sein muss?“, fragte Tara daraufhin mit aggressivem Unterton und fixierte ihn dabei, als wolle sie sich gleich auf ihn stürzen und die Angelegenheit hier und jetzt mit den Fäusten klären.

Sie war es so leid!

Sie war es leid, dass da immer einer war, der meinte, er müsse sich über ihren Freund lustig machen oder gar versuchen, ihn auszunutzen. Sie war es leid, wenn jemand die Kontrolle, die sie über ihn hatte, weil er ihr vertraute und sich ihr hingab, als Freibrief dafür nahm, sich ebenfalls von ihm bedienen lassen zu wollen.

Was dachten diese Typen eigentlich, sich eine Position anzumaßen, welche völlig klar ihr alleine zustand, weil sie sich diese über Jahre hinweg verdient hatte? Ihr Sven war kein Kriecher! Er war nicht jedermanns Prügelknabe und sie würde die tiefe Verbindung und Hingabe, welche zwischen ihnen beiden bestand, keines Falls der Lächerlichkeit preisgeben.

„Hört mir genau zu, denn ich sage es nur dieses eine Mal“, fuhr Tara nach Sekunden der Stille fort, während sie beobachtete, wie das Lächeln von Franks Gesicht verschwand und die zur Schau getragene Überheblichkeit einem Ausdruck völliger Überraschung und Verblüffung wich. Wie sie aus den Augenwinkeln sehen konnte, hatte Waldi sich in der Zwischenzeit zwar auf seinem Stuhl zurückgelehnt, doch starrte auch er sie immer noch an, mit einer Mischung aus Verwunderung und Erwartung.

„Sven ist euer Freund, ich verstehe und achte das", sagte sie, ohne eine Regung zu zeigen, mit ruhiger aber bestimmter Stimme. „Ich freue mich, dass er euch hat. Ich weiß, dass ihr ihn viel länger kennt als ich. Wie gesagt, ich akzeptiere das, aber jetzt ist er mein!"

Absolute Stille - keiner der beiden sagte ein Wort.

Sie saßen einfach nur da und sahen sie fassungslos an, wie kleine Kinder, denen gerade der Weihnachtsmann erschienen ist. „Das haben sie wohl nicht erwartet", dachte Tara triumphierend, aber ebenso darum bemüht, sich das damit verbundene Hochgefühl nicht anmerken zu lassen.

Tara genoss dieses Gefühl noch einen Augenblick. Dann beugte sie sich vor, öffnete mit einer schnellen unter dem Tisch ausgeführten Handbewegung einen ihrer Schnürsenkel, atmete tief ein und fuhr fort:

„Ich weiß nicht, was Sven euch bisher über unser Zusammenleben erzählt hat. Das spielt auch keine Rolle. Ich vertraue ihm und weiß, dass er auch mir vertraut. Er ist mein, weil er es so gewünscht hat. Es ist mir egal, was ihr darüber denkt, aber ich kann euch versprechen, dass es ihm gut geht und ich auf ihn achten werde."

Wieder machte sie eine Pause, erneut gefolgte von völliger Stille. Derart klare Ansagen waren diese Herren von Frauen wohl nicht gewohnt. Anscheinend hatten sie erwartet, Tara würde sich irgendwie für das rechtfertigen oder schämen, was sie und ihr alter Freund Sven da zusammen lebten – weit gefehlt.

Gerade dieser übergewichtige Frank hatte seine Überheblichkeit ihr gegenüber mit derart voller Absicht zur Schau getragen, wie Tara es bereits früher bei Männern erlebt hatte, welche damit meist nur vergeblich versucht hatten, ihre Unsicherheit und Ängste gegenüber einer dominanten Frau zu verbergen.

Fast mussten die Zwei ihr ein bisschen Leid tun, wie sie da saßen und sie anstarrten. Aber eben auch nur fast, denn Tara war es wie gesagt leid, sich oder gar ihren Sub der Lächerlichkeit preiszugeben. Diese Kaffer hatten eine Ansage verdient, war es auch nicht ganz fair, dass sich der über Jahre aufgestaute Frust gerade an ihnen entlud.

Wie um der Situation etwas Anspannung zu nehmen, fuhr Tara sich demonstrativ mit der Hand durchs blonde Haar, drehte dabei allerdings unauffällig leicht den Kopf, um festzustellen, ob Sven sich bereits wieder auf dem Weg zurück an ihren Tisch befand.

„Wir können alle gute Freunde sein. Aber ich werde nicht zulassen, dass Sven verspottet oder verletzt wird, für das, was er ist. Wer ein Problem damit hat, kann das gerne mit mir klären" sagte sie daraufhin, blickte die beiden völlig verdattert mit offenen Mündern dreinschauenden Männer noch einmal an, wandte sich dann ihrem herannahenden Freund zu und lächelte ihm entgegen.

„Deine Cola", sagte Sven und strahlte selig, als er sie kurz darauf erreichte und das eisgekühlte Glas behutsam vor seiner Herrin auf den Tisch stellte.

„Danke mein Liebling", hauchte Tara zärtlich, während er sich zu seinem Stuhl umdrehte, plötzlich verharrte und verwundert die Stirn runzelte, als er in die Gesichter seiner verschüchterten Freunde sah. Noch bevor Sven aber etwas aus seiner Verwunderung heraus sagen konnte, fasste sie ihn bereits leicht an der Hüfte, drehte ihn sanft zu sich und hieß ihn mit den Worten: „Schatz, mein linker Schuh, ich glaub die Schleife hat sich gelöst", sich vor sie zu knien und die Schnürung zu überprüfen.

Der Gesichtsausdruck ihres Subs änderte sich bei ihren Worten schlagartig. Die bisher vorherrschende Verwirrung wich einer gehörigen Portion Furcht und Scham, denn auch wenn er ihr bereits in der Öffentlichkeit auf diese Weise gedient hatte, so doch noch nie vor Menschen, die er „von früher" kannte.

Tara spürte instinktiv, dass er jetzt ihre Unterstützung brauchte, lächelte und wies ihm mit einer kleinen Geste der rechten Hand den Weg zu ihren Füßen hinunter.

Sven schluckte, überwand schließlich aber seine Bedenken und sank vor ihr auf die Knie. Während er ihren Schuh neu band, sah Tara über den Kopf des Dieners hinweg in die mittlerweile von Erschrecken gezeichneten Gesichter seiner Freunde.

„Ich denke, wir drei haben uns verstanden, oder?", fragte sie, erneut triumphierend. Und tatsächlich gelang es zunächst Frank, und einen Augenblick später auch Waldi, sich aus seiner Starre zu lösen und zur Bestätigung ihrer Worte mit dem Kopf zu nicken.

„Was denn verstanden?", fragte Sven neugierig, welcher sich gerade wieder erhob und von all dem nichts mitbekommen hatte.

„Ach nichts, Liebling", erwiderte Tara schnell und küsste ihn aus einer Mischung von Dank und Freude über ihren Sieg zärtlich auf den Mund.

„So, das ist also meine Freundin. Hoffe sie hat euch nicht erschreckt?" scherzte Sven erleichtert, als er sich neben ihnen auf einen der Stühle mit den grünen Sitzkissen fallen ließ und in die immer noch etwas blassen Gesichter seiner Freunde blickte.

„Nee, ist schon o.k., ist ja ne ganz Nette" brachte Frank stammelnd als Antwort heraus, wobei der Versuch, wieder zur alten Überheblichkeit in seiner Stimme zurückzufinden, lächerlich und aufgesetzt wirkte.

„Na, da kennst du sie nur noch nicht gut genug" feixte Sven gekonnt, worauf er sich von Tara den ebenso erhofften wie verdienten Klaps in den Nacken einfing. Niemand mokierte sich darüber, die Fronten waren geklärt!

Alsbald plätscherte das Gespräch derlei ungezwungen dahin, dass es nach ein paar Minuten für alle Unbeteiligten in der Gastwirtschaft ganz so schien, als säßen dort am Tisch nur ein paar alte Freunde und tauschten viel zu oft erzählte Geschichten aus. Auch Sven entspannte sich zunehmend und vergaß bald, dass hier Menschen beisammensaßen, die er zwar lange und gut kannte, welche aber nicht unterschiedlicher sein konnten und sich zudem untereinander nicht kannten. Es machte ihm Spaß - lag auch eine ihm unerklärliche Zurückhaltung auf den alten Freunden - und so war es bereits später Nachmittag, als Tara das Signal zum Aufbruch gab und beide sich auf den Weg zurück nach Berlin machten.

Die Fahrt verlief im Grunde ereignislos. Einzig kurz vor Berlin hieß seine Herrin ihn an einer Tankstelle zu halten, stieg aus und machte sich Richtung Toiletten davon. Sven dachte sich nichts dabei, sah er doch nicht, wie sie von ihm unbeobachtet auf halber Strecke stehen blieb und sich mehrfach geheimnisvoll umschaute.

Als Tara sich zur Genüge vergewissert hatte, dass er sie nicht mehr sehen konnte, zog sie ihr Handy aus der Tasche und wählte die Nummer einer Freundin. Katrin, die sie bereits seit Jahren aus dem SM-Umfeld von Treffen her

kannte und welche zudem einen eigenen Fetisch-Zubehör
Laden ganz in der Nähe ihrer gemeinsamen Wohnung
betrieb, meldete sich sofort.

„Fände ich wirklich klasse, wenn du den vorbei bringen
könntest. Zahle ich dann Montag gleich bei dir im Laden,
ist doch klar" sagte Tara strahlend, nachdem sie ihrer
Freundin kurz und knapp erzählt hatte, worum es ging.
Beide scherzten noch einige Sekunden miteinander, dann
beendete die junge Herrin das Gespräch mit den Worten:
„Nein, leg ihn oben in die Kommode, meine Nachbarin hat
doch den Zweitschlüssel zu unserer Wohnung."

„So weit so gut", sagte Tara leise, kicherte kurz aufgeregt
und rief sodann ihre zuvor erwähnte Nachbarin an, um
sicherzustellen, dass sie Katrin den Zweitschlüssel auch
wirklich aushändigen würde.

„Das hat ja gut geklappt", dachte sie sodann höchst
zufrieden, während sie ihr Telefon zuklappte, es zurück in
ihre Hosentasche schob und sich auf den Rückweg
machte.

In der Schlafzimmerkommode würde bei ihrer Heimkehr
nun also ein nagelneuer und recht großer Strap-on auf
Tara warten.

Jener Umschnall-Dildo nämlich, welchen ihre Freundin
Katrin gleich dort für sie deponieren würde, während sie
und ihr unwissender Schatz noch gemeinsam auf dem
Weg zurück nach Berlin waren.

„Wirst du schon sehen, wer`s hier wem kräftig besorgt"
lachte Tara hämisch und konnte ein gemeines Grinsen
kaum unterdrücken, als sie um die Ecke bog und ihren
ahnungslosen Sub freudig winkend neben dem frisch
aufgetankten Wagen stehen sah.

- Paradoxon der Macht -

Es ist nur eine Frage. Ein Anhängsel eigentlich, gerade zwei kurze Worte lang, und doch ist es irgendwie auch so viel mehr.

Immer wieder, fast ständig pocht sie in den Tiefen meines durchaus als seltsam zu bezeichnenden Verstandes, verursacht Panik, Unsicherheit und sich direkt daran anschließende tief empfundene Scham.

Ich weiß, es ist nicht recht, sie überhaupt zu stellen. Sich dieser Anmaßung hinzugeben ist falsch, doch stets ist diese Frage zur Stelle, bin ich frustriert, leer und schwach.

Wochenlang gelingt es mir, nicht zu stochern, keinen Staub aufzuwirbeln und von mir aus brav und gehorsam zu sein.

Ich reiße mich zusammen, für dich, doch jeder Mensch hat seine Grenzen und natürlich gilt dies auch für mich.

Es erfüllt mich mit Stolz, dir zu dienen. Ich flehe dich an, dass du mir dieses Herzensbekenntnis auch wirklich durch und durch glaubst!

Allzu gerne falle ich demütig vor dir auf die Knie, doch Dienen und Herrschen bedeutet auch Leidenschaft.

Es bedeute Kämpfen und Ringen mit dem anderen Selbst, dem faulen, dem feigen und mürrischen Schweinehund.

Sich fallen lassen, sich hingeben und jedes noch so abstruse oder schmerzvolle Verlangen der Herrschaft über sich und den eigenen Körper ergehen zu lassen, ihr Spielball und Leinwand ihrer Lüste zu sein: In der richtigen Stimmung fällt mir dies alles ganz leicht. Adrenalin pumpt, der Kopf dröhnt und jede Faser des Körpers verzehrt sich nach Fremdbestimmung, nach Schmerz und Gewalt.

Fehlen diese Trigger aber, wähne ich mich gar auf Augenhöhe, wird das Sklavenleben schnell einsam, undurchschaubar und fürchterlich kalt.

Es gehorcht sich einfacher mit dem Stiefel im Nacken, als mit dem freien Ende der angelegten Leine in der eigenen Hand. Doch welchen Wert hat es, wird eben dieser Stiefel durch Trotz erzwungen?

Wohltat soll sie doch sein, jene Mischung aus Liebe, Strenge und Dominanz - für beide Partner! Kleister und Kitt, der uns zusammenhält und unser Beisammensein strukturiert, nicht Quell von Frust und eigener Resignation.

Balsam auf die geschundene Haut der Unterdrückten ist jede noch so kleine Anerkennung, sei es Ohrfeige, Ermahnung, Strafe oder Qual. Kommt sie nicht, die erwartete und ach so sehnlichst gefürchtete Reaktion auf unser Fehl, beginnt es im submissiven Hirn zu ticken und das Leben wird ob all der Zweifel und Fragen zur Pein.

Jeder gegebene Befehl, jedes Verbot und jede Regel wird plötzlich flüssig, nichts gibt uns mehr Halt. Angst presst den Sinn aus unserem Leben, wie Schaum aus einem ausgewrungenen Schwamm. Wir fühlen uns allein gelassen, unbeobachtet weil der Aufsicht unserer Herrschaft mit einem Male nicht mehr wert.

Plötzlich ist es wieder da, jenes freche "oder was Herr?", ihm in Gedanken entgegengeschleudert als Reaktion auf jeden gegebenen Befehl. Erbarmungslos beißt er sich in der Hirnrinde fest, jener Durst nach Verifizierung, hinterfragt meinen Gehorsam und zersetzt alles. Mich, dich und jeden noch so leidenschaftlich mit eigenem Blut unterzeichneten Sklavenvertrag.

In diesen Momenten will ich nur eines, nämlich das du mich strafst, mich zwingst und mir endlich die gottverdammten Leviten ließt, wie ich es verdiene. Ich will sie spüren, deine Liebe und Macht, dein Interesse an mir und dein Bekenntnis zu dieser Art Leben.

Zur Sklavin zu deinen Füßen, der du – wenn nötig - eben ordentlich eine mit dem Rohrstock verpasst, so bald sie ein Anzweifeln deiner Dominanz wagt.

Ich will gezwungen sein, doch zugleich ob meiner Hingabe geschätzt werden. Endlich diese Selbstzweifel und Sinnfragen vergessen, beenden die selbstzerfleischende Qual!

Doch nicht Sklavin ist es, die etwas vom Partner zu „wollen" hat. Spät, sehr spät, während ich bereits wie ein bockiges Kind wild um mich trete - um überhaupt etwas zu spüren - fällt mir diese Tatsache und Grundlage unserer Beziehung schließlich doch noch ein.

Aus Unsicherheit wird Angst, aus Verzweiflung Wut, aus Aggression wohl verdiente Scham, denn ich habe dich verletzt, dich als Bestrafer missbraucht und getrieben - dabei hast du es gar nicht verdient.

Du bist du, der Mensch der mich liebt.

Ich bin ich, der Mensch der dir zu dienen versprochen hat, wie immer du es willst.

Ach wärst du jetzt doch bei mir.

Ach blutete jetzt doch mein Lippe von Züchtigungen und nicht nur vor unerträglicher Sehnsucht mein trauriges Herz.

- Englische Erziehung -

Die schulterlangen Haare hingen Dennis ins Gesicht, verbargen es wie ein Schutzschild. Schweißperlen der Anstrengung hatten sich auf seiner Stirn gesammelt und begannen bereits, langsam in kleinen Bächen hinunter über sein zu Boden gesenktes Antlitz zu laufen.

Dennis aber machte keine Anstalten, sie wegzuwischen, er verzog keine Miene. Ganz ruhig kniete er mit geschlossenen Augen in der Mitte des Wohnzimmers, atmete tief und zitterte dabei fast unmerklich vor Anspannung.

Nicht, dass die „Guten Stube" - wie seine Freundin Nicole das Wohnzimmer ihrer etwas heruntergekommenen Studentenwohnung stets abfällig zu nennen pflegte - nicht ausreichend geheizt gewesen wäre. Nein, sein leichtes Zittern rührte nicht von Kälte, sondern vielmehr von seiner nervlichen Anspannung und dem Umstand her, dass er nun seit fast 20 Minuten bewegungslos lauschend in dieser kraftraubenden Position verharren musste.

Nicole hatte die ganze Zeit kein Wort gesagt, nur einfach schweigend und ohne seine Frage zu beantworten vor ihm gesessen. Je länger die Stille anhielt, welche lediglich vom Ticken der großen Wanduhr unterbrochen wurde, je unsicherer wurde Dennis.

„Wieso sagte sie nichts?", fragte er sich. „Hatte er sie überfordert oder erschreckt, war sie gar böse mit ihm?" Die Fragen begannen sich in seinem Kopf zu drehen, so angespannt war er. Die Minuten verstrichen.

Für einen Moment hatte Dennis eben gar befürchtet, Nicole wäre einfach von ihm unbemerkt aufgestanden und gegangen, säße ihm also gar nicht mehr gegenüber. Dann aber hatte er sich wieder gefangen, denn sie musste ja noch da sein. Der alte Dielenfußboden knarzte schließlich bei jedem Schritt und hätte ihm doch sofort jede ihrer Bewegungen verraten, oder etwa nicht?

„Was macht sie nur", dachte er im Stillen bei sich, verzweifelt darum bemüht, seine schmerzenden Knie zu ignorieren und seine Hände ruhig zu halten.

Völlig ruhig, oder doch wenigstens so weit es irgendwie ging, denn seine Arme, welche er ausgestreckt vor sich hielt, wurden längst lahm.

Er hatte eine gute Selbstkontrolle.

Lediglich der auf seinen nach oben geöffneten Handflächen liegende Rohrstock verriet seine innere Pein, hatte er doch vor einigen Minuten begonnen, an den Enden leicht zu wippen.

Dennis hatte die Vorstellung mit einem Rohrstock gezüchtigt zu werden schon lange fasziniert. Englische Erziehung, unnachgiebig und konsequent, diesen Gedanken trug er nun bereits seit Jahren mit sich herum, einzig verwirklichen lassen, hatte er sich nie.

Zugegeben, er hätte in Klubs nach Spielpartnerinnen suchen oder einfach dafür bezahlen können, dass jemand ihn schlug. Doch das Interesse daran zu spüren, wie sich der Rohrstock auf seiner Haut anfühlen würde, war nur ein Teil dessen, was er suchte. Nur ein Teil seiner Sehnsucht.

Züchtigung, dass bedeutete für ihn mehr, als zum Genuss geschlagen zu werden. Mehr noch, als seinen Masochismus auszuleben. Er wollte, dass jemand Macht über ihn hatte. Die Macht, seine Vorstellungen und Regeln durchzusetzen, ihn zu bestrafen und gegebenenfalls gefügig zu machen, sollte Dennis sich den Regeln seiner Herrin widersetzen.

Nicole war fantastisch gewesen.

So offen und verständnisvoll, so frei jeder Scheu, wie er es sich nicht zu erträumen gewagt hatte. Sie hatte keinerlei Erfahrungen gehabt und war doch eher interessiert denn überrascht gewesen, als er damals all seinen Mut zusammengenommen und ihr seine Veranlagung gebeichtet hatte.

Zu diesem Zeitpunkt waren sie bereits seit über einem Jahr ein Paar. Ebenso lange schliefen sie auch bereits miteinander, aber er hatte es bisher nicht riskieren wollen, sie zu verlieren. Hatte er auch die ganze Zeit gewusste, dass er es Nicole eines Tages sagen musste, wollten sie langfristig glücklich miteinander sein.

„Du willst, dass ich dich schlage?", hatte sie ihn mit weit aufgerissenen Augen gefragt und war - nachdem sie zuerst vor Erregung und Scham rot angelaufen war - in Gelächter ausgebrochen. Kurz darauf aber hatte sie ihn geküsst, und mit einem: „Na, können wir ja vielleicht mal probieren", hatte alles angefangen.

Es gab immer noch weder Kerker noch Käfig in ihrer Wohnung, auch Streckbank oder Andreaskreuz suchte man vergebens. Nicht mal Spielzeug gab es bisher, aber Nicole hatte ihren ganz eigenen Weg gefunden, das Verlangen ihres Geliebten nach Demütigung und Schmerz zu befriedigen. Es braucht weder Fesseln noch Gerte, um seinem Partner Schmerz zuzufügen, und nach zaghaftem Beginn genoss Nicole es mittlerweile sehr, jederzeit freien Zugriff auf seine Genitalien zu haben und diese nach ihrem Willen „behandeln" zu können.

Anfangs waren es zaghafte, fast ängstliche Klapse gewesen, doch mit der Zeit gefiel es ihr offenkundig mehr und mehr, wie Dennis sich vor Schmerz und Lust wand, wenn sie auf seine Hoden schlug. Sie liebte geradezu, wie er aufstöhnte. Liebte, wie er sie ansah, wenn sie seine empfindlichsten Körperteile mit festem Griff umschloss und lächelnd immer weiter zudrückte, bis er vor Schmerzen nicht mehr konnte.

Es war für sie nicht wirklich nachvollziehbar, wie Dennis genießen konnte, was sie da mit ihm tat, aber seine Reaktionen zeigten ihr, dass er es genoss. Das reichte Nicole, denn sie vertraute Dennis und schenkte seinen Worten, sie könne ihn ruhigen Gewissens quälen, uneingeschränkten Glauben. Auf diese Weise mit ihrem Partner spielen zu können, ihn zu erregen und befriedigen, war etwas, dass ihr gefiel, wieso sollte sie es anzweifeln?

Sie liebte diesen verrückten Mann doch! Konnte sie ihn auf diese Weise glücklich machen und somit selber glücklich mit ihm sein, war ihn zu Quälen kein zu hoher Preis dafür.

Auch für Dennis war es anfangs nicht einfach gewesen, sich auf dieser Ebene mit seiner Freundin zu verständigen und sich ihr derart zu öffnen.

Sie war so verdammt vorsichtig und schüchtern. Sie hinterfragte jeden Handgriff, sah ihn stets mit einer Mischung aus Besorgnis und schlechtem Gewissen an, wenn sie ihm Schmerzen zufügte. Woher sollte sie auch wissen, wie weit sie gehen konnte, ohne ihn zu verletzen oder seine Grenzen zu überschreiten?

Dennis wollte ihr keine Anleitung geben, er wollte, dass sie führte und machte, was ihr gefiel. Nicole sollte genießen, was sie da mit ihm tat, und so versuchte er stets ihr zu zeigen, was ihn erregte. Was sie erregte, merkte sie mit der Zeit von selbst. Stets vermittelte er ihr, dass er es als Zuneigung und Liebe empfand, ihr Spielball zu sein.

Es lief gut zwischen den beiden, sehr gut sogar. Dennis war wie befreit. Er liebte Nicole nur noch mehr dafür, dass sie ihn akzeptierte, wie er war, während sie Gefallen daran fand, ihn auch auf diese unkonventionelle Weise beglücken und beherrschen zu können. Sie spielten miteinander und genossen ihre Freiheit.

War er frech, gab es dafür von ihr einen Klaps ins Gesicht, provozierte er sie, kniff sie ihn in die Nippel oder packte ihn schmerzhaft zwischen seinen Beinen. Es kam gar gelegentlich vor, dass sie ihm aus reinem Spaß überraschend ihr Knie zwischen die Schenkel rammte, hemmungslos lachte und amüsiert zusah, wie er sich vor Schmerzen wand. Nicole wurde immer selbstbewusster, legte mit der Zeit jegliche Scham ab und schreckte bald selbst in der Öffentlichkeit nicht mehr davor zurück, ihn mit sanfter Gewalt spielerisch zu maßregeln.

Es war ein Spiel zwischen den beiden gewesen, ein Spiel allerdings, aus dem er so eben Ernst gemacht hatte.

„Das meinst du wirklich ernst, oder?" Ihre Stimme riss Dennis aus seinen Gedanken.

Er schreckte zusammen, als ihre Worte die Stille durchbrachen, wurde sich wieder seiner schmerzhaften Situation bewusst und schwieg.

„Das meinst du ernst?" wiederholte sie fragend, nun etwas lauter und fordernder als zuvor. Dennis schluckte, meinte er es denn wirklich ernst? Noch gab es ein Zurück! Nur ein Lächeln, ein Scherz von seinen Lippen und sie konnten zu dem zurückkehren, was sie hatten. Noch konnte er seine Freundin davon überzeugen, dass er es nicht so gemeint hatte, noch konnten sie weiter spielen wie bisher.

Natürlich hatte er ernst gemeint, was er ihr da eben vorgeschlagen hatte, oder besser, was er von ihr erbeten hatte. Er hatte es todernst gemeint, konnte er doch einfach nicht anders, als seiner Seele Luft zu machen. Aber war er wirklich bereit, dafür alles, was sie hatten, aufs Spiel zu setzen? Wollte er es erneut riskieren, diese Frau zu verlieren, sie endgültig zu vergraulen, wo sie damals doch so verständnisvoll gewesen und sie beide seitdem so glücklich miteinander waren?

Die Antwort lautete ja, er hatte gar keine Wahl.

Es war einfach passiert. Es gab keinen auslösenden Moment, kein Datum, an dem alles begonnen hatte aus dem Ruder zu laufen. Es gab nur absolute Gewissheit darüber, wie es jetzt war, hatte er doch immer deutlicher gespürt, dass er einen Schritt weiter gehen wollte, dass er bereit war, sich zu unterwerfen.

Er wollte mehr.

Mehr als eine Freundin die es - wenn auch nicht aufgrund ihrer sadistischen Veranlagung, so dennoch auf ihre Weise – genoss, ihm Schmerzen zuzufügen.

Er wollte, dass sie Macht über ihn hatte. Was einst so spielerisch begann, war immer realer geworden. Der Wunsch sich ihr unterzuordnen war gewachsen, ebenso die Sehnsucht danach, für seine Fehler gezüchtigt zu werden. Er wollte, dass sie die Kontrolle übernahm. Er wollte, dass sie ihn erzog, ihn zu dem machte, was sie wollte. Was das war, wusste er zu seinem Leidwesen längst, einen gleichberechtigten Partner und Mann.

Sicher, sie ließ sich von ihm die Tasche tragen, sich die Schuhe binden und strafte seine Frechheiten, allerdings schien dies alles für sie nur amüsant, nur ein großer Spaß zu sein. Es amüsierte sie lediglich, während es in Dennis Sehnsüchte danach weckte, über das Spielerische hinaus zu gehen und ernst zu machen. Sehnsucht danach, ihr tatsächliche Kontrolle und Macht über sich selbst und sein Leben anzuvertrauen.

„Ja, ich habe es ernst gemeint", antwortete er Nicole so schließlich dann auch tapfer, wobei er die Augen allerdings noch geschlossen hielt und deutlich spürte, wie seine Hände gegen seinen Willen noch stärker zu zittern begannen. Er hatte Angst, Angst vor ihrer Antwort.

„O.k., du magst den Schmerz, dass habe ich verstanden", sagte sie langsam und ruhig. „Ich verstehe auch, dass es natürlich mit Machtfantasien zu tun hat, wenn ich dich quäle oder du mir dienst. Aber die Kontrolle über dich übernehmen, wie meinst du das?"

Stille.

Dennis Herz raste plötzlich. In seinem Kopf begann sich alles zu drehen. Kontrolle übernehmen, ganz genau, wie meinte er das denn nun eigentlich? Aus ihrem Mund hörte sich das Ganze tatsächlich schrecklich dämlich an, das musste er etwas niedergeschlagen eingestehen.

Dann aber fing er sich, atmete tief ein, nahm all seinen Mut zusammen, hob seinen Blick, sah zu ihr empor und sprach: „Nun, nicht völlige Kontrolle. Ich möchte nicht, dass du entscheidest, wann ich aufs Klo gehen kann oder so."

Hier stockte er, blinzelte seine geliebte Nicole unbeholfen an, während seine Augen sich an das grelle Sonnenlicht gewöhnten - welches durch das Fenster, vor dem sie saß, in den Raum flutete - und fuhr sodann fort:

„Ich möchte einen Schritt über das Spielerische hinausgehen. Ich möchte, dass du bestimmte Vorstellungen, die du für unsere Beziehung hast, vorgibst und mich für Fehlverhalten falls notwendig bestrafst."

Erneute Stille.

Sie sah ihn lange an, betrachtete ihren geliebten Freund, wie er da so verletzlich und hoffnungsvoll zugleich vor ihr kniete. Was erwartete dieser Mann bloß von ihr?

Ja, es gefiel ihr mit ihm zu spielen, aber doch nur, weil sie es mochte, ihm Gutes zu tun. Sie verwöhnte ihn gerne, selbst wenn das bedeutete, ihm hierfür Schmerzen zufügen zu müssen.

Natürlich war es auch für sie ein Kick, wenn er sich in der Öffentlichkeit vor sie kniete und ihre Stiefel band, aber doch nur, weil er es genoss, dies für sie zu tun. Er genoss es und sie genoss es auch, da sie seine Hingabe und Liebe ihr gegenüber in solchen Gesten mittlerweile erkannte und schätzte.

„Hingabe und Liebe", die Worte hallten schmerzhaft in ihren Gedanken nach.

War es denn auch Liebe, sich einer anderen Person auszuliefern, ihr Kontrolle über sich selber und das eigene Wohlergehen zu schenken? War es nicht der logische nächste Schritt, dass er ihr anbot, weiter Besitz von ihm zu ergreifen und über das reine Spielen mit seinem Körpers hinaus zu gehen?

In Wirklichkeit war es doch schon längst so, dass Dennis sich nach dem richtete, was sie erwartete, waren ihre Befehle auch oft noch als Bitte verpackte. Was würde sich schon wirklich ändern, entspräche sie seinem Wunsch nach Versklavung? Würde dieses neue Verhältnis sie nicht vielleicht sogar näher zueinander bringen?

Nicole zermarterte sich das Hirn, hin und her gerissen zwischen Herz und Verstand. Dennis erwartete ihre Entscheidung, eine Entscheidung, welche ihr gesamtes Leben betreffen konnte.

„Ich kontrolliere nur, was ich will. Wann und wie ich will. Das ist dir klar?" fragte Nicole schließlich, nachdem sie ihre Gedanken geordnet und eine Entscheidung gefällt hatte.

„Ja, natürlich. Ich bin dein Freund, das will ich auch bleiben. Ich bin für dich da, wenn du mich brauchst, aber ich fände es eben klasse, wenn du bereit wärest, weitreichender über mich zu verfügen" erwiderte Dennis verblüfft, errötete, senkte den Blick wieder gen Boden und fügte ein zaghaftes: "Nur, wenn dir das auch gefallen würde, natürlich" hinzu.

„Dieser Kerl schafft mich", dachte Nicole, erhob sich aus dem Sessel und stand einen Augenblick ratlos vor ihrem immer noch bewegungslos auf den Dielen knienden Freund.

Jenem Freund also, welcher es irgendwie geschafft hatte, dass Nicole eine Ohrfeige ihm gegenüber als Liebkosung empfand. Ihr Freund, der sie so weit gebracht hatte, dass ein Schlag von ihr auf seine Fortpflanzungsorgane Nicole wie ein Liebesbeweis erschien. Jener Freund, welcher ihr nur noch größer und liebenswerter erschien, je weiter er sich für sie erniedrigte.

Er hatte all das getan, hatte ihr Vertrauen geschenkt und es zugleich in ihr selbst wachsen lassen. Sie war sich seiner Liebe sicher. Sie vertraute ihm völlig, nur so hatten sie beide damals überhaupt einen Weg finden können, zusammen zu sein.

Es war nur allzu offensichtlich gewesen, dass ihn die letzten Wochen irgendetwas bedrückte, dennoch aber hatte er sie eben kalt erwischt. Beinahe wäre ihr das Buch aus der Hand gefallen, so überrascht war sie gewesen, noch dazu überfordert von seiner Geste der Unterwerfung. Sie hatte doch nur lesen wollen, als er sich ihr plötzlich genähert, sich auf die Knie geworfen und ihr mit den Worten: „Ich müsste bitte mal mit dir reden", einen Rohrstock präsentiert hatte.

Nicole liebte diesen Mann, wollte ihn auf keinen Fall verlieren, aber würde sie leben können, was er da verlangte? Würden sie es leben können?

Langsam aber bestimmt trat sie einen Schritt vor, nahm den Rohrstock aus Dennis Händen und sah ihn eindringlich an. Sorgsam, fast zärtlich ließ sie das Züchtigungsinstrument dabei durch ihre Hände gleiten, als wolle sie auf diese Weise dessen Seele erspüren, ertasten, was in ihm steckte.

Der ungefähr einen Meter lange Stock fühlte sich leichter an, als sie gedacht hatte. Kalt war er, glatt auch, doch da lag noch etwas anderes in ihm: ein Gefühl absoluter Macht!

„Fühlt sich durchaus gut an", griente sie mit bösem Lächeln auf ihren Lippen, während sie ein Rausch durchfuhr, welchen sie selber nicht für möglich gehalten hatte. Sie genoss diesen Moment, dieses Gefühl, aber ihr Lächeln erstarb sofort wieder, denn die Zweifel kehrten ebenso plötzlich wie machtvoll zurück.

Er hatte ihr diese Macht gegeben.

Er war bereit sich ihr zu fügen, sich von ihr maßregeln und bestrafen zu lassen, aber würde sie wirklich in der Lage sein, ihren Geliebten mit diesem Folterinstrument zu schlagen? Würde sie die Kraft und den Willen haben, Regeln durchzusetzen, falls er betteln oder auf stur schalten sollte?

Dennis lauschte.

Wahre Sturzbäche liefen ihm mittlerweile über Stirn und Rücken. Es war anstrengend, er hatte noch nie so lange am Stück gekniet. Seine Herrin hatte den Rohrstock aus seinen Händen genommen, aber was bedeutete das?

„Wieder diese Stille, sag doch bitte irgendetwas", flehte er ohne Worte, doch kaum hatte er diesen Gedanken beendet, durchschnitt ein lautes Zischen die Luft.

Das Geräusch kam so unvermittelt, dass Dennis reflexartig zusammenzuckte und seinen Kopf einzog, bevor er überhaupt begriff, was es hervorgerufen hatte.

Nicole hingegen lachte und ließ den Rohrstock ein weiteres Mal schwungvoll durch die Luft peitschen, wobei er diesmal sogar noch knapper über den Kopf des Knienden zischte.

„Na, mal sehen, was ich dir noch so beibringen kann, was?", neckte sie ihn, immer noch lachend..

„Ja, gerne" entgegnete Dennis, sah auf und strahlte.

- Für dich -

Die Zigarette ist fast verglüht.

Ich sitze am Küchentisch, hänge meinen Gedanken nach und kaue auf den Nägeln der linken Hand. Wie hatte alles nur so weit kommen können?

Du bist mein für immer. Das hatte sie doch gesagt, oder?

Ein: „Du, es geht nicht mehr", gefolgt von einem Griff zur Reisetasche - der kurze Weg zum 124er Bus und das war es gewesen, aus und vorbei. Halsband ab und mit einem Klos im Hals zurück in die Domstadt Köln, zurück in die leere Wohnung.

Drei Wochen ist das jetzt her. Drei Wochen, in denen ich die meiste Zeit damit verbracht habe, Junkfood in mich hinein zu schaufeln, aus dem Fenster zu starren, zu weinen und nicht ans Telefon zu gehen.

Es ist Ostern, in der Welt da draußen, doch mich interessiert das nicht. Die Patenkinder suchen mit vor Spannung aufgerissenen Mündern Schokoladeneier, lachen und freuen sich. Die Familie sitzt beim Kaffee zusammen, nur Sohnemann, der ist nicht zu erreichen.

Tage vergehen hier drinnen langsam, verbarrikadiert vor der Wirklichkeit wie in einem Bunker, aber ich habe diese Zeit gebraucht. So sehr gebraucht, um mich daran zu gewöhnen, dass der Regen mir wieder direkt ins Gesicht schlägt. Kein Schutz mehr, denn du gehst nicht mehr neben mir, ständig fehlen deine Führung und Dominanz. Deine Regeln, Verbote, Anweisungen.. alles Vergangenheit, alles vorbei.

Ich habe es genossen, das Hündchen an deiner Leine zu sein, es war ein Teil von mir. Du warst mein Umhang, der vor Kälte schützt, vor der Kälte der Realität.

Probleme, Sorgen, Ängste? Na, dann schnell ab zu dir und auf eine Lösung warten. Ich bin schließlich nur der Sklave. Tue, was mir gesagt wird, und halte ansonsten den Kopf unten. Sie wird das schon machen, meine Herrin, schließlich trägt sie ja die Verantwortung.

Ziemlich einfach habe ich es mir mit uns gemacht, zu einfach, wie ich jetzt erkenne. Ich habe dich überrollt mit dem, was ich bin und geben wollte. All das, was ich zu geben hatte, habe ich dir gegeben und dabei vergessen zuzuhören, was es wirklich war, dass du brauchtest. Auf ein Podest habe ich dich gestellt, meine Herrin. Blindes Vertrauen habe ich gehabt, folgsam bin ich gewesen, aber dennoch warst du auf eine Weise irgendwie immer allein.

Ich habe dich benutzt.

Die Erkenntnis schmerzt, doch es ist wahr.

Ich habe dich benutzt, um vor mir selber zu fliehn.

Du hast mir die Türe geöffnet, mir angeboten Verantwortung für mich zu übernehmen, und ich habe es zugelassen. Zugelassen, nein, genossen habe ich es, immer mehr, bis alles über uns zusammengebrochen ist. Immer einen Schritt weiter, nur noch einen Schritt. Ich war wie im Rausch und brauchte immer mehr.

Mehr Regeln, mehr Druck, mehr Entmündigung, nur nicht denken müssen. Nicht an mich, nicht an Probleme, nur an das, was mir aufgetragen ist.

Auch du hast es genossen, ich sah es in deinem Blick. Auch dir hat gefallen auf diesem Podest zu stehen, das Leuchten in meinen Augen zu sehen und mich vor die auf die Knie zu zwingen. Du hast mich dressiert wie einen Hund, mich an der kurzen Leine laufen lassen, deine Sehnsüchte und Lüste befriedigt, doch wie einen Partner geliebt, das hast du mich nicht.

Es ist angenehm jemanden zu haben, der einem folgt, der gehorsam alles für einen tut. Es ist so verdammt angenehm. Jedenfalls bis einem klar wird, dass es mehr braucht, um zusammenzuleben, als ein Hündchen, das einem folgt. Da waren so viele unentdeckte Seiten an dir, liebenswerte Facetten deines Selbst, nicht nur die eiskalte Herrin. Da waren so viele Bedürfnisse, Sehnsüchte und Träume, nicht nur das Bedürfnis zu herrschen.

Herrin ist auch Mensch, Frau, Geliebte und Freundin. Herrin möchte auch mal lachen, scherzen und schwach sein können. Herrin braucht es auch, sich mal fallen lassen zu können, den Druck entweichen und sich selber gehen zu lassen. Herrin macht Fehler. Fehler, die beide betreffen, und mit dieser Last musstest du leben.

Ich liebe dich, habe ich dir immer wieder geschworen, doch auch wenn ich es aus tiefstem Herzen glaubte, es war nicht wahr. Ich liebte das, was ich in dir sah. Das, was ich von dir brauchte und das, was du in meiner Vorstellung warst. Der Mensch dahinter, der blieb auf der Strecke.

Sklavenvertrag, formale Anrede, Positionen, Tagesabläufe - alles war geregelt, da blieb kaum Platz sich zu verlieben. Eine Beziehung war das nicht, nur das Konsumieren des Gegenübers nach festgelegten Regeln. Das gegenseitige Aufgeilen an der Rolle des anderen, ein scheinbares Befriedigen von lang versteckten Sehnsüchten. Das Spielen von Rollen, um Schwäche und Sorgen zu entgehen, um sich derart geschickt voreinander zu verstecken.

Ich kenne dich überhaupt nicht, nur das, was ich in dich hinein projiziert habe. Wer ist der Mensch, der mich mit der Rute straft? Wer ist diese Frau, die mich an der Leine führt? Ich bin ehrlich, ich habe mich das niemals gefragt. Ich habe gedacht, es genügt darauf zu hören, was du sagst. Darum hatte ich dich gar nicht verdient.

Auch du kennst mich nicht, sondern nur das Abbild, welches ich dir gezeigt habe. Auch ich bin mehr als Sklave der robotergleich gehorcht, doch diese Seite zu zeigen, dazu war ich dir gegenüber nicht bereit. Hingabe, die habe ich gegeben, aber ohne mich dir je wirklich hinzugeben. Was du wolltest, habe ich dir auf dem silbernen Tablett präsentiert, doch das, was ich bin, das gab ich dir nicht.

Herrin und Sklave, es war ein Traum.

Es war eine Art miteinander umzugehen, welche nicht nach Kompromissen verlangt, nicht nach Diskussionen, nicht nach Verständnis und nicht nach Liebe. Was immer du befiehlst, damit hatte es sich, denn Herrin wird es schon gut gehen, sonst hätte sie schließlich etwas gesagt. Ich war so beschäftigt deinen Vorstellungen zu genügen, dass ich darüber vergaß, dass es auch unausgesprochene Wünsche gibt.

Manchmal möchte auch Herrin überrascht werden. Manchmal möchte auch Herrin begehrt werden, ohne es verlangt zu haben, manchmal möchte Herrin verstanden werden, ganz selbstverständlich und ohne ein Wort.

Ich war nicht für dich da. Habe nur bedient, was ich sehen wollte und nur gegeben, was ich gerne und zu Befriedigung meiner eigenen Lüste gab. Ich habe nicht auf dich geachtet, wo ich doch erwartete, dass du auf mich achtest.

In einem anderen Leben vielleicht, das hast du zum Abschied gesagt. In einem anderen Leben, als ob es das gäbe, habe ich im Stillen gedacht. Nur ein weiterer Versuch, sich aus der Verantwortung zu stehlen, eine Floskel um der Realität der Trennung zu entgehen. Es war nicht das Leben, es lag an uns. Jeder sah im anderen das, was er wollte, und genau das haben wir uns ja auch vom anderen geholt. Wir haben konsumiert, nicht geliebt.

Es war zu einfach, sich an einer Leine durch das Leben ziehen zu lassen, denn so wird Mann nie wirklich man selbst, nur Spiegelbild der Person, die einen zieht.

Ich muss wachsen, kämpfen, bestehn.

Ich muss mich selber finden und akzeptieren, bevor ich erwarten kann, dass jemand anderes mich liebt.

Ich muss stark sein, stark genug mich nicht mehr hinter einer Rolle zu verstecken, bevor ich es mir wieder erlauben kann, für jemanden schwach zu sein.

Ich hoffe ich finde diese Person irgendwann, diesen Menschen, der zu mir passt und mich nicht nur auf Knien liebt. Mit weniger kann auch Sklave einfach nicht glücklich sein, nicht mal in einem anderen Leben, falls es so etwas denn wirklich gibt.

- Der Brief -

Nora sah zum Wecker.

- 7:47 - Stand dort in grün-gelblich leuchtenden Ziffern der Digitalanzeige.

Der Obere der beiden Punkte, welche Stunden und Minutenblock trennten, blinkte unaufhörlich im Sekundentakt. An, aus, an, aus.. jedes Blinken eine Sekunde, jede Sekunde ein Schritt auf das Unausweichliche zu. Was hätte sie nicht dafür gegeben. Für die Macht, dieses Blinken zu stoppen, die Zeit einfach anhalten und weiter mit ihm hier sitzen zu können.

„Na, jetzt schau nicht so traurig, ist ja kein Abschied für immer", hörte sie ihn neben sich sagen, offenkundig darum bemüht, seine Worte aufmunternd klingen zu lassen.

Tapfer zwar, aber eben zu offensichtlich, um die Verzweiflung und den Kummer, welche auf ihrem Gesicht standen, fortzuwischen oder ihr doch wenigstens ein kleines bisschen Mut zu machen.

Zu angestrengt, zu wenig. Nora verzog keine Mine, starrte nur weiter vor sich hin.

- 7:48 - Nein, ein Abschied für immer war es natürlich nicht, was ihnen an diesem Morgen pünktlich um acht Uhr bevorstand. Aber was war das schon für ein Trost?

Sollte der Fakt, dass er irgendwann wieder heimkehren würde, sie ermuntern stark zu sein und ihre Ängste zu unterdrücken? Wie konnte er das, war sie doch nicht in der Lage, sich einen Abschied – ob endgültig oder nicht - überhaupt vorzustellen? Schon lange war doch der Punkt überschritten, bis zu dem sie ein eigenständiges Leben geführt hatte. Seitdem er sie vor fast 6 Jahren in sein Haus aufgenommen, waren Herr und Sklavin niemals länger als für ein paar Stunden getrennt gewesen.

Anfangs war sie noch verlegen gewesen, ihn auch bei Treffen mit Freunden und sogar der Familie als seine Dienerin zu begleiten. Aber er hatte es niemals an Vorbereitung mangeln lassen und sie vor diesen Treffen stets genauestens darüber in Kenntnis gesetzt, was er von ihr erwartete. Er hatte sie beherrscht und beschützt zugleich, sie überall mit hin genommen und niemals verlassen. Regeln, Verbote, Kommandos, all das gab Nora mit der Zeit Sicherheit, eine bisher nicht gekannte Sicherheit. Er wiederum hatte es genossen, sie nach seinen Vorstellungen zu erziehen und auf diese Weise Macht über sie zu erlangen.

Zunächst waren es nur ganz wenige Dinge gewesen, die auf eine bestimmte Art und Weise zu erledigen gewesen waren. Aber mit der Zeit hatte er mehr und mehr Kontrolle übernommen, war mehr und mehr in ihren Alltag und auf diesem Wege auch in ihre Seele vorgedrungen. Ihr Herr hatte sich gekümmert. Es genossen ihr Leben in die Hand zu nehmen und sie zu formen, wie ein starkes Korsett einen weiblichen Körper formt. Genau so fühlte es sich für sie seitdem auch an.

Es war, als trüge sie eine Art Panzer, welcher sie vor schmerzhaften und verwirrenden Einflüssen bewahrte, ihr die richtige Haltung und benötigte Führung gab. Sie fühlte sich stark dadurch, dass sie für ihn schwach sein konnte.

Durch seine Strenge war sie alsbald in der Lage, Dinge für ihn zu tun, die sie aus eigenem Antrieb heraus niemals hätte vollbringen können.

Natürlich war er behutsam gewesen, um sie nicht zu

überfordern. Unglaublich einfühlsam und doch konsequent. Auf diese Weise hatte sie niemals das Gefühl gehabt, dass ihr Sklavinnen-Leben sie einengte. Ganz im Gegenteil, immer leidenschaftlicher und sehnsüchtiger hatte sie sich danach verzehrt, dass er ihr Korsett aus Regeln und Befehlen immer fester zog, immer weitere Korrekturen vor- und Kontrolle übernahm.

Ein Vertrauensverhältnis war geschaffen, welches über die Jahre so stark und absolut geworden war, dass sie sich ihm vor etwas mehr als drei Monaten ganz hatte hingeben können. Sie war seine Sklavin geworden, sein uneingeschränktes Eigentum. Seit jenem Tage im August kontrollierte er sie völlig. Jeden Aspekt ihres Seins, den er kontrollieren wollte oder als notwendig ansah, von ihm kontrolliert zu werden.

- 7:53 - Nora saß immer noch unbeweglich auf dem gemeinsamen Bett und hing ihren Gedanken daran nach, wie alles einst begonnen hatte. Dass er längst nicht mehr neben ihr saß, sondern sich erhoben hatte und - von oben auf sie herab sehend – ungeduldig mit der Fußspitze auf den Boden tippend vor ihr stand, bemerkte sie nicht.

„Ich erwarte von meiner Sklavin, dass sie sich auch während meiner Abwesenheit strengstens an ihre Regeln hält! Aber das brauche ich dir gegenüber ja sicherlich nicht zu betonen, oder Sklavin?" fragte er plötzlich, mit fester und in keiner Weise mehr zärtlich klingender Stimme, in die Stille hinein. Er wusste, dass sie es jetzt brauchte, seine Stärke und Bestimmtheit zu spüren. Ebenso war ihm bewusst, was es bei ihr bewirkte, sprach er sie als „seine Sklavin" und nicht mit ihrem bürgerlichen Namen an. Auch diesen Umstand kalkulierte er als Hilfe und Stütze für sie ein, brav zu sein.

Seine Worte zeigten sofort die erhoffte Wirkung. Nora zuckte beim Klang seiner Stimme zusammen, errötete prompt, da sie sich bei ihren Träumereien ertappt fühlte, rutschte mit einer fließenden Bewegung vom Bett und kniete sich mit gesenktem Blick vor ihren Gebieter.

„Selbstverständlich Herr", erwiderte die Sklavin, kaum hier angekommen, derart inbrünstig, dass er angesichts ihrer bedingungslosen Hingabe fast hätte lächeln müssen. Natürlich tat er es nicht.

„Wie tapfer sie ist, ergeben und doch stolz zugleich", dachte er nur, die nackt am Boden knieende Frau dabei ebenso routiniert wie ungeniert musternd.

Alles stimmte perfekt, genau wie er es sie gelehrt. Lediglich Knie und Fußballen der zierlichen Mittzwanzigerin berührten den Boden, dennoch wankte oder zitterte sie in dieser überaus anstrengenden Haltung nicht im Geringsten. Ihre Unterarme und Hände lagen völlig still mit nach oben geöffneten Handflächen auf ihren im Winkel von fast 90 Grad gespreizten Schenkeln, Unterwerfung und Wehrlosigkeit ihrem Gebieter gegenüber signalisierend. Der Blick war nach wie vor zu Boden geneigt, der nicht vorhandene Bauch eingezogen, die festen, samtenen Brüste bis zur Belastungsgrenze herausgestreckt.

Ihr die Positionen beizubringen, welche sie zu bestimmten Gelegenheiten auf das Signal ihres Herren hin unverzüglich einzunehmen hatte, war ein erster Schritt auf ihrem langen Weg zur Sklavin gewesen, welchen er damals mit absolutem Nachdruck und ohne jede Nachsicht verfolgt hatte. Nicht etwa, weil er oberflächlich oder gar angeberisch war und sich mit ihr schmücken wollte. Sondern weil er wusste, dass die geistige Haltung einer Sklavin oft mit der körperlichen einherging.

Natürlich waren die schönsten Positionen, das vollendetet Sprechen in der dritten Person oder das ausgiebigste Rutschen auf Knien nichts wert, ohne die innere Bereitschaft sich zu öffnen und zuzulassen, dass jemand anderes führte. Dennoch aber waren diese Dinge durchaus geeignet, es einer Sklavin zu erleichtern, sich in eine bestimmte Verfassung, in ein bestimmtes Mindset zu versetzen.

Zwar bedurfte es keiner bestimmten Umgebung, Kleidung oder Musik mehr, Nora ihre Position als seine Sklavin bewusst zu machen. Sie spielten keine Rollen, es gab keine Auszeiten, kein Codewort. Aber eine 24/7 Beziehung bedeutete eben, dass sie neben seiner Sklavin auch zugleich seine Partnerin und Geliebte war. Es gab viele verschiedene Beziehungsebenen, wenn auch keine auf Augenhöhe. So war es also an ihm verständlich zu machen, wann er etwas diskutieren wollte, oder ein „Ja Herr“ alles war, was ihr Partner erwartete und duldete.

„Brav“, sagte er leise und voller Stolz, welcher nun auch deutlich hörbar in seiner tiefen, dunklen Stimme lag. Ja, er war stolz. Sehr stolz sogar, auf diese Frau, die sich ihm so bereitwillig unterworfen hatte.

„Du wirst deine täglichen Aufgaben erledigen, dich pflegen und körperlich ertüchtigen, ganz wie du es sonst auch tust. Ich weiß, dass die Trennung für dich schwierig wird, aber du wirst es schaffen und Schritt für Schritt abarbeiten, was ich von dir erwarte“ fuhr er, gefolgt von einem Moment der Stille, sodann fort. Einer unangenehmen Stille, welche jedoch - als sie sicher sein konnte, dass ihr Meister ausgesprochen hatte und es nun an ihr war, ihm zu antworten – alsbald von einem zackigen: „Ja Herr“, durchbrochen wurde.

„Wie ergeben sie ist, dabei konnte ich ihre Furcht vor dem Alleinsein bereits seit Tagen immer stärker in ihrem Verhalten ablesen", dachte er gerührt und konnte dem Drang nicht widerstehen, sich zu ihr herunter zu beugen und sie zu küssen. „Es wird alles gut", flüsterte er dabei zärtlich in ihr Ohr, richtete sich hastig wieder auf und fügte ein kaltes: „So, jetzt erhebe dich und verabschiede deinen Herren" hinzu, wobei seine Stimme augenblicklich wieder jeden Klang von Zärtlichkeit und Schwäche vermissen ließ. Nora erhob sich, so schnell es ihr möglich war, blickte auf und versuchte tapfer, ihrem Herren zum Abschied ein Lächeln zu schenken. Es misslang.

- 7:58 - Die Sklavin atmete tief durch, ging einen Schritt auf ihren Herren zu, legte ihre Arme um ihn und drückte ihn zum Abschied leidenschaftlich an sich. Er konnte ihre nackten, warmen Brüste durch den Stoff seines Seidenhemdes spüren, während sie ihn so hielt. Ihn geradezu festhielt, als wolle sie ihren Geliebten auf diese Weise davon abhalten, die Kur tatsächlich anzutreten.

Er befreite sich, bestimmt aber nicht grob, aus ihrer Umarmung, sah sie einen Augenblick schweigend an, zog sie erneut zu sich heran und gab ihr einen langen, tiefen Zungenkuss, welchem sie sich mit einem leisen Aufstöhnen bereitwillig hingab.

„So Kleines, die Wäsche wartet, sei brav", hörte Nora ihren Herrn noch sagen, doch bevor sie sich auch nur genug gefangen hatte, um etwas erwidern zu können, hatte er schon seine Tasche gegriffen, war durch den Flur geeilt und aus dem Haus. Das Klacken der Türverriegelung war alles, was ihr von ihm blieb.

- 8:00 - „Keine Panik, du schaffst das", sagte sie leise zu sich selbst, während sie abwesend durch ihr schulterlanges, blondes Haar strich. Teils um sich Mut zuzusprechen, teils um dieser absoluten Stille zu entgehen, jener unerträglichen Stille, in der er sie zurückgelassen hatte.

21 Tage völliger Einsamkeit standen bevor, türmten sich mit einem Male bedrohlich vor ihr auf, wie ein unüberwindbares Gebirgsmassiv, welches nur allzu gern bereit war, sie lebendig unter sich zu begraben. Endlose Tage standen an, welche sie zu zerbrechen suchten, aber schlimmer noch: Unerträglich viele Abende, an denen er nicht wie gewohnt neben ihr liegen würde, an denen sie ihn nicht würde spüren können, während sie einschlief.

„Nur keine Panik" wiederholte die junge Frau tapfer, während ihr bei dem Gedanken daran, dass ihr Herr mittlerweile bestimmt bereits auf halbem Weg zur nahegelegenen Autobahn war, bittere Tränen in die Augen schossen. Sie kam sich unendlich verlassen vor, wie sie so dastand: Nackt, wie er es zu Hause stets von ihr verlangte.

Dann aber besann sie sich seiner Worte, fokussierte sich mit aller Macht darauf und bald schon umspielte ein schwaches, nur bei sehr genauem Hinsehen wahrnehmbares Lächeln ihre Lippen.

„Schritt für Schritt abarbeiten, was ich von dir erwarte" klangen die Worte ihres Herren in Noras Gedanken wieder, sie hatte nun ein Ziel, das half!

Erleichtert setzte sie sich in Bewegung, griff nach dem Wäschekorb und machte sich auf den Weg in die Waschküche.

- 16:43 - Die Zeit war schnell vergangen. Auch wenn der Gedanke an seine Abwesenheit über den letzten Stunden gehangen hatte, wie ein Damoklesschwert - begierlich darauf wartend, dass sie sich für eine Sekunde ausruhte und sich leichtsinnigerweise gestattete daran zu denken, dass er heute nicht wie gewohnt nach Hause kommen würde - war sie im Grunde ganz gut zurechtgekommen.

Sie erledigte ihre Aufgaben gewissenhaft. Genoss geradezu zu erledigen, was er ihr aufgetragen hatte und bemühte sich stets, nicht weiter als bis zum jeweils nächsten Punkt auf ihrer täglichen Liste vorauszudenken. Wäsche, Abwasch, Fußböden, Blumen, Toilette, Training auf dem Laufband, anschließend eine halbe Stunde Schwimmen im Pool. Ja, er liebte ihren straffen Körper und sorgte dafür, dass er auch so blieb. Ihre Liste war lang, aber nun war alles erledigt.

Als sie dies begriff, kehrte das Gefühl der Einsamkeit und Verunsicherung mit solcher Macht in ihre Seele zurück, dass sie sich ihm ergab, sich an den Esszimmertisch setzte und erneut ein paar Tränen vergoss. Endlose, qualvolle Minuten vergingen, bevor sie die nötige Kraft fand, sich zusammenzureißen und den Fernseher in der Hoffnung einzuschalten, auf diese Weise die so dringend benötigte Ablenkung zu finden.

Nachdem sie bereits mehrere Male alle Kanäle nach etwas Sehenswertem durchforstet hatte, gab Nora schließlich frustriert auf. Eine Weile saß sie einfach so da, schwieg und ließ sich von der Stimme aus dem Fernseher berieseln. Den Mann, welcher ein Messer-Set verkaufen wollte, mit dessen Sägemesser er gerade - wohl um die Qualität des Selbigen zu veranschaulichen - ein 2 Zoll dickes Messingrohr gekonnt in zwei Teile zerlegte, nahm sie bald nur noch unterbewusst wahr. Wie durch Watte drangen seine Worte an ihr Ohr, während sie aus dem Fenster in den Garten hinaus blickte und sich daran erinnerte, wie alles so weit gekommen war.

Natürlich hatte sie früher schon alleine gelebt. Zugegeben, ganz früher auch mal in einer Wohngemeinschaft, aber seit Vollendung ihres 21. Lebensjahres war ihr das Gefühl sehr wohl vertraut, nach der Arbeit alleine in eine stille Wohnung zurückzukommen.

Es war nicht so, dass sie in jenen Jahren an ständiger Einsamkeit gelitten hatte. Aber immer öfter war da dieses Gefühl gewesen, eine Art inneren Dranges, für jemanden da zu sein. Es wurde zur Sucht jemanden zu finden, der es genießen und schätzen würde, was sie für ihn tat. Jemand der sie ausfüllen, ihr Fels in der Brandung sein, sie fordern und dennoch einschränken wollte. Der immer für sie da wäre und Selbiges auch von ihr verlangte.

Dieser Mann war Karl. Er hatte sie stets ermuntert, etwas für ihn zu sein, wobei er sie aber niemals zu etwas gedrängt hatte.

Es war ihre Idee gewesen, die kleine Wohnung im 3. Stock eines etwas heruntergekommenen Mietshauses aufzugeben und bei ihm einzuziehen. Es war ihre Idee gewesen, die schlecht bezahlte Stelle als Kauffrau im Gesundheitswesen beim DRK aufzugeben und sich ihm völlig zu unterwerfen. Klar, es war sein Begehr, sie zur Sklavin zu formen, dennoch war es doch letztendlich ihre Entscheidung gewesen, auch diesen Schritt zu gehen.

Sie hatte sich daran gewöhnt. Sich eingerichtet in diesem neuen Leben, in dem sie die Entscheidungen ihrem Herren überlassen konnte und so die Freiheit genoss, sich ganz ihrer Dienerschaft hingeben zu können. Einer Dienerschaft, welche sie so tief befriedigte, wie es noch nichts in ihrem Leben je gekonnt hatte.

Nicht, dass sie dumm wäre und ihr Leben nicht alleine regeln konnte, bevor sie ihn kennengelernte hatte und er die Kontrolle übernahm. Aber sie hatte sich noch nie so frei gefühlt und das gerade, weil er ihr ihre Freiheit nahm. Diese nicht vermisste Freiheit kehrte nun mit einem Schlag zurück und es ängstigte sie furchtbar, dass sie für die nächsten Wochen alleine klarkommen sollte.

Er würde ihr fehlen. Sein Lachen, seine Nähe, seine Stimme. Aber noch weit schmerzlicher würde sie seine Strenge vermissen, seine wachsamen Augen und seinen Befehlston, welcher sie so oft zurechtwies und ihr neue Aufgaben auftrug.

- 17:00 - Nora schreckte auf. Erst nach einiger Zeit der Verwirrung begriff sie, woher das Geräusch kam, welches sie aus ihren Erinnerungen gerissen hatte und immer noch gut hörbar aus der Küche zu ihr ins Zimmer drang: Natürlich, ihr Handy!

Das Nokia lag auf dem Küchentisch und der Vibrationsalarm, welcher es wie von Geisterhand über den Selbigen tanzen ließ, verhieß ihr den Eingang einer neuen Nachricht. „Von ihm, eine Nachricht von ihm" wurde ihr plötzlich bewusst, kannte doch nur ihr Herr die dem Handy zugehörige Nummer.

Wie von der Tarantel gestochen sprang die gänzlich unbekleidete Frau auf, stürzte durchs Wohnzimmer hinein in die Küche und griff nach dem handtellergroßen Gerät, welches immer noch stoßweise brummend über die glatte Platte ruckelte. Für einen Moment befürchtete sie, ihre Finger mochten ob der Aufregung ihren Gehorsam verweigern, so sehr zitterte sie. Dann aber fanden ihre Fingerkuppen endlich die richtigen Tasten und eine Nachricht erschien auf dem kleinen Display:

„Hallo Nora, bin gut gelandet. Lies den Brief in meinem Nachttisch. Küsse Karl." Das war alles, und doch mehr, als sie erwartet hatte.

Ein zaghaftes Lächeln breitete sich auf dem wohlgeformten Gesicht der jungen Frau aus und für einen Moment gelang es ihr gar, sich bei dem Gedanken etwas zu entspannen, dass er die weite Reise gut überstanden und sofort nach seinem Eintreffen dort an sie gedacht hatte.

Eine Sekunde stand sie einfach da, blickte auf das Plastikding in ihrer Hand und genoss den Augenblick.

„Ein Brief für mich in seinem Nachttisch?" schoss es ihr jedoch alsbald durch den Kopf, worauf sie das Telefon unsanft auf den Tisch fallen ließ, auf den Hacken kehrt machte und den kurzen Flur entlang in Richtung ihres Schlafgemaches hastete.

Die Schlafzimmertüre war geschlossen, als sie den Raum erreichte, allerdings nicht mehr lange. Mit einem kräftigen Ruck riss sie die Flügel auf, stürmte hinein, warf sich neben dem Bett auf die Knie und zog hastig die hölzerne Schublade des Nachttisches auf, welcher direkt neben seinem Kopfende stand.

Tatsächlich, da war er. Ein weißer, flacher Briefumschlag, auf welchen er in blauer Schrift „Für meine Sklavin" geschrieben hatte, lag in dem kleinen Fach, sonst nichts.

Ihr Herz klopfte heftig in der Brust, was hatte ihr Herr ihr wohl auf diesem unüblichen Wege mitzuteilen? Entschlossen griff Nora nach dem Brief, drehte ihn kurz in den Händen und riss ihn anschließend mit einer geübten Handbewegung von links nach rechts auf. Im Brief war ein einzelnes, sorgfältig gefaltetes Blatt Papier Vorsichtig, als wäre er aus kostbarstem Pergament, zog die knieende

Sklavin den Bogen heraus, entfaltete ihn hastig und
begann zu lesen:

*Hallo Kleines. Wenn du dies hier liest, bin ich schon
unterwegs und ich hoffe, du hast den ersten Schreck
bereits überwunden. Ich bin immer bei dir, bin ich auch im
Moment weit weg, und ich weiß, dass du das ebenso
empfindest.*

Nora schluckte. Tränen der Rührung schossen ihr in die
Augen, welche sie erst mit dem Handrücken der freien
Hand wegwischen musste, bevor sie weiter lesen konnte,
was er für sie hinterlassen hatte.

*Für die Zeit meiner Abwesenheit habe ich ein paar
zusätzliche Regeln für dich aufgestellt. Denn es wäre ja
nicht fair, wenn meine Sklavin zu Hause vor dem
Fernseher sitzt und faul die Füße hochlegt, während ihr
Herr hier täglich Anwendungen über sich ergehen lassen
muss, oder?*

Ein breites und durchaus frech zu nennendes Grinsen
beherrschte plötzlich bei der Vorstellung daran ihr Gesicht,
wie sie bequemen auf der Couch sitzen und an ihn denken
würde, während er sich im fernen Bad Herold bei
Krankengymnastik und Therapie quälte. „Wäre schon ein
Spaß", dachte sie so bei sich, aber das Grinsen verging ihr
so schnell, wie es gekommen war.

*Zunächst einmal erwarte ich von dir eine tägliche Mail an
meine dir bekannte Adresse. Du schreibst mir alles, was du*

„18 Uhr, Mail", sagte sie in Gedanken zu sich selber, wie sie es immer tat, wenn er etwas von ihr verlangte. Sie führte eine Art Timeline in ihrem Kopf, welche ihr sicherzustellen half, dass sie sich auch bei Zeiten an alles erinnerte, was er ihr auftrug. Im Laufe der Jahre waren es Dutzende wenn nicht gar Hunderte Kleinigkeiten, Verbote und Regeln gewesen, welche sie sich auf diese Weise in Gedanken notiert hatte. Wie mochte er seinen Kaffee? Wie hatte sie die Handtücher im Bad zu falten? Wie war das Bett zu machen? Welche Ausdrücke wollte er aus ihrem Mund nicht hören? Wann hatte sie ihn nicht anzusprechen? Wie viele Scheiben Brot waren ihr zum Frühstück erlaubt, und, und, und…

Natürlich waren die meisten seiner Regeln ihr längst in Fleisch und Blut übergegangen, hatten schrittweise ihr Verhalten und auch ihr Denken verändert. Er hatte sie trainiert. Trainiert zu ihrem eigenen und seinem Vorteil. Sie war gewachsen, seitdem er sich ihrer angenommen hatte, das waren sie beide.

Wie du vielleicht bereits festgestellt hast, habe ich den Kühlschrank ausgeräumt und auch sonst alles Essbare aus dem Haus entfernt. Im Portemonnaie in der Küche sind zwei 100 Euro Noten, welche für die Einkäufe in der Zeit reichen sollten, die ich abwesend bin. Da ich mir sicher bin, dass ich dir so sehr fehlen werde, dass dir der Sinn nicht nach Schlemmereien steht, erlaube ich dir lediglich, folgende Nahrungsmittel zu kaufen: Brot, Butter, Wasser, Halbfettmilch und drei Eier, damit du wenigstens an jedem geheiligten Sonntag etwas Besonderes zum Frühstück hast. Darüber hinaus darfst du so viel Obst und Gemüse zu dir nehmen, wie es dir beliebt. Ich erwarte Belege über sämtliche Ausgaben und selbstverständlich steht es dir in Notfällen ebenfalls frei, die Kreditkarte zu benutzen, sollte es sich nicht vermeiden lassen.

„Gehalten bei Wasser und Brot" erschrak sie schockiert, aber das stimmte ja nun auch nicht ganz. Deshalb hatte er sie also gestern für zwei Stunden fortgeschickt. Es gab noch „etwas zu erledigen", wie er sich ausgedrückt hatte. Dieses „Etwas", waren ihre gesamten Vorräte gewesen, oder nicht?

Hastig rutschte Nora auf ihren Knien um das Bett herum, öffnete die Schublade ihres Nachtisches und fand – nichts.

„Verdammt" entfuhr es ihr zischend. Offensichtlich hatte Karl auch die eiserne Reserve an Schokolinsen gefunden und entsorgt, welche sie hier verbotenerweise vor ihm versteckt hielt. „So eine Gemeinheit", flüsterte sie, wobei sie allerdings keck lächelte, die Schublade schloss und sich wieder an den Brief ihres Herren machte. Ihre Augen weiteten sich bald vor Erstaunen, konnte sie doch kaum glauben, was sie hier las:

Nein, die Süßigkeiten sind weg. Brauchst nicht in deiner Geheimschublade nachsehen, du böses Mädchen! Darüber unterhalten wir uns noch, nach meiner Rückkehr, verlass dich darauf!

Sie schluckte. Er drohte ihr ganz unmissverständlich. Ganz klar, aber der Gedanke daran, was er sich wohl für sie ausdenken mochte - immerhin hatte er ja drei lange Wochen Zeit sich etwas Passendes zu überlegen - erschreckte und erregte sie zugleich. Die Aussicht eine so lange Zeit auf ihre Strafe warten zu müssen, oder vielleicht auch eher, sich so lange darauf freuen zu können, faszinierte sie zudem. Lust wallte mit einem Male in ihr auf, animalisch und unersättlich. Zwischen ihren Schenkeln wurde es deutlich wärmer und begann schließlich gar, vor Erregung leicht zu pochen. Ihr Herr hatte ganz recht, was war sie nur für ein böses Mädchen!

Da ich nicht neben dir liegen werde, macht es aus meiner Sicht keinen Sinn, dass die Sklavin in meinem Bett nächtigt. Du darfst dir Bettdecke und Kopfkissen nehmen und es dir auf dem kleinen Läufer in der Küche bequem machen. Da wir über eine Fußbodenheizung verfügen, sehe ich kein Problem darin, dass du weiterhin selbstverständlich nackt schlafen wirst, wie du es aus dem Schlafzimmer gewohnt bist.

„Eine Fußbodenheizung mit Nachtabsenkung", fügte Nora finster hinzu. Wusste sie doch, dass die Heizung sich pünktlich um 22 Uhr zwecks Heizkosteneinsparung abschaltete und erst ab 6 Uhr wieder mit voller Leistung lief, damit er es beim Aufstehen angenehm warm hatte.

So Sklavin, das wäre alles. Das du dich in meiner Abwesenheit nicht zur eigenen Befriedigung berühren darfst, dürfte doch wohl eine Selbstverständlichkeit sein, oder etwa nicht? Ich freue mich schon sehr darauf, dir nach meiner Heimkehr Erleichterung zu verschaffen, und ich denke, du hast jetzt keine Zeit mehr zu vertrödeln!

Mit diesen Zeilen endete das Schreiben, welches mit In Liebe, Dein Herr unterzeichnet war, wobei sie beim Lesen dieser Worte sofort den Verdacht hatte, dass In Liebe erst im Nachhinein hinzugefügt worden war. Der Abstand zwischen den Zeilen war außergewöhnlich eng und stimmte nicht mit den Vorherigen des Briefes überein.
Noras Verdacht entsprach der Realität. Tatsächlich waren die Worte erst im Nachhinein eingefügt worden.
Karl hatte einen Augenblick mit sich gerungen, ob er diese Liebesbekundung wirklich nutzen sollte, bevor er erneut zum Federhalter gegriffen und sie ergänzt hatte.
Zweck des Briefes war ja, ihr ihre Ängste zu nehmen, und er wusste aus Erfahrung, dass sein Befehlston hierzu besser geeignet war als jeder Liebesbrief. Mochte er noch so poetisch verfasst sein.
Später hinzugefügt oder nicht, Nora war das egal.
„In Liebe" las sie seine letzten Worte noch einmal laut, wobei sie vor Zufriedenheit und heftig empfundener Zuneigung für den Mann, der ihr diese Zeilen geschrieben hatte, förmlich erstrahlte.
Er liebte sie.
Er hatte an sie gedacht und geahnt, wie verloren sie sich

fühlen würde. Auch wenn es im Grunde Gemeinheiten waren, welche er sich da für sie ausgedacht hatte, so hatte er durch eben jene Gemeinheiten doch sichergestellt, dass sie diese Tage durchstehen würde. Bei jedem Bissen, bei jedem Einkauf, würde sie an ihn denken. Bei jedem Mal, wenn sie erregt sein würde, sich aber nicht berühren durfte, und besonders jedes Mal, wenn sie zu Bett ging, würden seine Regeln sie leiten. Seine Verbote würden sie daran erinnern, was und wessen sie war, auf diese Weise würde ihr Herr stetig ganz nah bei ihr sein.

„In Liebe, Dein Herr" las sie erneut und lächelte noch breiter. Es war ein glückliches, fast naiv zu nennendes Lächeln, welches jedoch urplötzlich schwand.

Blitzartig sprang die eben noch glückselige Frau auf, warf einen schnellen Blick auf den Wecker, ließ den Brief achtlos auf den Boden fallen und hastete getrieben aus der Türe.

- 17:13 - Stand in grün-gelblich leuchtenden Ziffern auf der Digitalanzeige des Weckers im Schlafzimmer.

Der Obere der beiden Punkte, welche Stunden und Minutenblock trennten, blinkte unaufhörlich im Sekundentakt. An, aus, an, aus.. jedes Blinken eine Sekunde, jede Sekunde ein Schritt auf das Unausweichliche zu.

Nora saß im Büro vor dem PC und tippte - während sie darauf wartete, wie das System bootete - ohne es zu merken nervös mit den Fingern auf die Platte des Schreibtischs.

„18 Uhr, Mail", sagte sie fast unhörbar und bis zum zerbersten angespannt zu sich selbst. Sie musste es rechtzeitig schaffen, sein Wort war ihr Gesetz.

- Doggyplay -

Im Wagen ist es furchtbar heiß.

Gut, nicht im ganzen Wagen, sorgt doch die eingebaute Klimaanlage dafür, dass zumindest der vordere Sitzbereich des Kombis angenehm temperiert wird.

Mir nutzt das wenig. Ich befinde mich im Heck des Fahrzeugs, wo es weit weniger Luftbewegung gibt und man - dank geschlossener Laderaumabdeckung, sowie getönter Scheiben - kaum die Hand vor Augen sehen kann. Das Radio ist an.

Auch das höre ich nur gedämpft, hocke mit aufgerissenen Augen in der Dunkelheit und versuche krampfhaft, dabei nicht jegliches Gefühl für Zeit und Raum zu verlieren.

„Wir fangen unseren Urlaub schon während der Reise an."

Mit diesen Worten meines Herren wurde ich hier platziert, dann fiel die Haube ins Schloss und meine Achterbahnfahrt im Backofen begann.

Es brauchte kaum eine halbe Stunde, da rann mir auch schon der Schweiß. Durchnässt sind meine Kleider dennoch nicht, denn außer meinem Halsband trage ich keine. Schweigend kauere ich nackt in der stickigen, vor Fahrgeräuschen lauten Hitze und harre dem, was da noch kommen mag.

Schier ewig scheint mir die Fahrt zu dauern. Zudem habe ich mit Desorientierung und leichter Reiseübelkeit zu kämpfen. Auf dem Kunststoffboden meines Transportkäfigs sammelt sich bald, in kleinen Pfützen, dass aus jeder Pore meines schlanken Körpers rinnende Transpirant.

Die aus zwanzig Millimeter starken Aluminium Vierkantrohren gefertigte und fest mit der Karosserie unseres BMW verschraubte Einzelbox, welche eigentlich zum sicheren Transport eines mittelgroßen Hundes gefertigt wurde, war schon seit Langem ein heimlich gehegter Traum.

Mich wie seine Hündin hier zu verstauen, sich somit verborgen und doch in der Öffentlichkeit bewegen zu können, hatte uns schon in der Fantasie wahnsinnig erregt. Was, wenn ein unbeteiligter Passant einen Blick in das Wageninnere werfen würde? Oder wenn uns die Polizei durch einen dummen Zufall stoppt und meinen Herren bittet, den Kofferraum zu öffnen?

In der Realität aber ist der Käfig alles andere als traumhaft. Bietet das Produkt der Firma HBS doch kaum genug Raum, selbst für eine kleine Frau wie mich.

Sich Bewegen oder gar umfallen, wenn das Auto bremst oder eine schnell gefahrene Kurve durchzischt, das geht kaum. Dafür fülle ich meine mobile Zelle einfach zu sehr aus. Auf allen Vieren mit gesenktem Kopf leide ich hier, bin dabei laut Kommentar meines Doms aber wenigstens: "Durchaus sexy anzuschauen".

Als meine Glieder derart schmerzen, dass ich bereits seit geraumer Zeit verfluche, wo ich hier bin, hält mein Gefängnis auf Rädern plötzlich an.

Der Motor verstummt. Die Fahrertüre wird geöffnet und fällt kurz darauf deutlich hörbar zurück ins Schloss, einzig um mich, kümmert sich niemand.

„Komm schon, bitte lass mich raus", wiederhole ich immer wieder stille in meinem Kopf, einer Ohnmacht nahe, denn hören kann er es ja doch nicht, mein Wimmern und Flehen. Und überhaupt: Hunde reden nicht, mag es um sie auch noch so dreckig stehen.

Ich kann das, sein Eigentum sein, lasse mich gerne in der Rolle der Hündin gehen. Genieße jene Narrenfreiheit, welche die Reduzierung auf ein Tier mit sich bringt, in vollen Zügen.

Es ist eine Entmenschlichung, keine Entwertung, was in diesen Momenten zwischen mir und meinem Geliebten Herren geschieht.

Das ist ein sehr großer Unterschied! Auch als seine Sklavin gebe ich Freiheiten und Souveränität an ihn ab, behalte aber meinen menschlichen Wert.

Als Hündin spielt das Ganze lediglich auf einem anderen Level weiter, erreicht ungeahnte Tiefen der Unterwerfung.

Alle Sorgen und Ängste einer Frau und Partnerin lege ich derart ab, alle Zurückhaltung und Scheu auch mein Gegenüber.

Nichts zählt mehr, außer Herrchen und dem nächsten Fresschen, ein für andere nicht immer ganz nachvollziehbarer, für mich aber oft feuchter Traum. Zugegeben, bisher stets nur für Stunden, längsten Falls einen ganzen Tag lang, doch in diesem Urlaub soll das anders sein.

Als Johann mich endlich befreit, die Luke öffnet und den Sicherheitsriegel meines Käfigs beiseite schiebt, bin ich quasi blind. Das plötzlich eintretende, grelle Sonnenlicht blendet mich. Hinzu kommt noch die, dem stundenlangen Verweilen in derselben Position geschuldete, Hüft- und Gelenksteifheit.

„Na komm", spricht er, hakt die starke Lederleine gekonnt in den hierfür vorgesehenen Ring meines Halsbandes ein, muss mir dann aber doch helfen und mich gar stützen, als ich über die Ladekante des Fahrzeugs ins Freie taumle.

Einen Moment verharre ich hier, spüre liegend das Gras auf meiner nackten Haut, dann gibt Herrchen mir auch schon mittels Ruck an der Leine zu verstehen, ihm Richtung Unterkunft zu folgen.

Bei dieser, so stelle ich beruhigt fest, nachdem meine Augen sich einigermaßen an das Tageslicht gewöhnt haben, handelt es sich um eine kleine, verlassen auf dem Kamm eines Berges halb im Wald versteckte Skihütte.

Das kleine Holzhäuschen hat wohl schon bessere Tage gesehen, aber darauf kommt es uns nicht an. Versteckt liegt es. Ein einzelner, nicht asphaltierter Weg führt zur Vorderseite hinauf, und das ist es, was wirklich zählt, denn niemand soll uns sehen.

Immer noch etwas unbeholfen krieche ich meinem Herren hinterher. Selbiger führt mich an der Leine, welche er sich lässig um das Handgelenk der rechten Hand gelegt hat, ohne sich auch nur ein einziges Mal nach mir umzusehen.

Ich beeile mich, abwechselnd den Blick zu Boden und auf die vor mir hergehenden Beine gerichtet, die Spannung der Leine dabei aber ebenso im Blick. Hastig rutsche ich ihm auf Händen und Knien nach, über den weichen, von Gräsern bewachsenen Waldboden, die Böschung des Berges hinab zur zum Tal gerichteten Rückseite der Hütte.

Von Fahrt und „Fußweg" hinlänglich erschöpft, erreichen wir bald die hier gelegene Veranda. Zwar handelt es sich dabei lediglich um ein paar grobe, der am Berghang zur Hälfte auf Stützen ruhenden Hütte angebaute Holzbohlen, welche Besuchern die Möglichkeit eines entspannten Beisammenseins mit Blick auf das atemberaubende Bergpanorama bieten sollen, aber mir bieten sie noch etwas weit erholsameres: Endlich den ersehnten Schatten.

Mit letzter Kraft krieche ich darunter, gefolgt von meinem Herren, der hier mangels Höhe nur gebeugt stehen kann. Endlich ausruhen, nichts wünsche ich mir mehr, für Spinnen und sonstiges hier lebende Getier, habe ich jetzt keinen Blick.

„So meine Kleine, mach brav Platz", sagt Johann grinsend, während er meine Leine an einem der unter der Kate in den Fels gerammten Stützpfeiler festbindet und anschließend wortlos wieder die kleine Anhöhe Richtung Vordereingang emporsteigt, welche wir gerade erst zusammen herabgekommen sind.

Ich gehorche, kauere hastig atmend in der wohligen Kühle und warte auf mein Herrchen, welches unsere Koffer und Lebensmittel nach und nach in die über mir gelegene Kate schafft. Ich kann seine Tritte auf den Bohlen direkt über meinem Kopf hören, das alte Holz knarzt und ächzt bei jedem Schritt.

Ein letzter Gang. Noch einmal verlässt er das Häuschen, verschließt sorgfältig den - seinen Funkbefehl mit einem bis zu mir vernehmbaren doppelten Piepen bestätigenden - Wagen und kehrt schließlich polternd ins Innere der Hütte zurück. Dann folgt Stille, eine für eine nackt und wehrlos hinter dem Haus angebundene Frau besorgniserregend lange Stille.

Was, wenn jetzt doch jemand vorbei käme? Zugegeben unwahrscheinlich, an diesem gottverlassenen Ort, aber auch hier gibt es doch sicherlich Jäger, oder? Was, wenn ein Förster aus dem Dickicht treten und mich sehen würde, angeleint mit Halsband samt Hundemarke?

„Alles nur in deinem Kopf, lass dich fallen", ermahne ich mich selbst, nehme einen tiefen Atemzug und schließe für einen Augenblick die Augen – es hilft. Ich höre das Zwitschern der Vögel, rieche den nahegelegenen Tannenwald und spüre den angenehmen Wind, welcher meine empfindlichen Nippel hart werden lässt. Alles ist wieder gut, er ist da, Herrchen passt schon auf mich auf.

Etwa eine halbe Stunde mag so wohl vergehen. Ich weiß es nicht genau, denn Hunde tragen keine Uhr, doch dann steht mein Herr plötzlich unerwartet neben mir. Ausgiebig betrachtet er mich eine Weile lang, immer noch breit grinsend, dann stellt er einen mit Wasser gefüllten Hundenapf zu Boden und tritt einen Schritt zurück.

„Meine Bitch hat doch sicher Durst, oder nicht?", spottet er, sichtlich stolz auf sein mit der Bedeutung des Anglizismus zusammenhängendes Wortspiel. Ich fühle mich erniedrigt, doch recht hat er, ich bin sehr durstig.

Auf allen Vieren krieche ich also die zwei Meter herüber, beuge mich über die kleine Schüssel und beginne zu schlabbern, wie ein braver Hund.

Es braucht einige Zeit, bis sich der Wasserstand senkt. Unglaublich anstrengend ist es, auf diese Weise zu trinken, verfüge ich doch leider nicht über eine derart ausgeprägte Zunge, mit welcher tierische Hunde sich das Wasser geradezu ins Maul schaufeln.

„Schön alles aussaufen, im Wagen war ja ein kleiner See", treibt Johann mich auch prompt an, als ich mich gerade anschicke, meinen Kiefermuskeln einen Moment der Erholung zu gönnen. Erst als der letzte Tropfen aufgeleckt ist, lässt er nach.

„Braves Mädchen", mit diesen Worten bindet er mich los und führt mich - wie zuvor angeleint und auf allen Vieren – zurück den kleinen Hügel zur am Weg gelegenen

Vordereingang der Hütte hinauf. Ich trotte hinterher, von seiner Behandlung nun einigermaßen erregt, bis er mich auf dem Rasen direkt vor der Hütte mit einem scharfen: „Sitz" zum Stoppen bringt.

Wie ich sie genieße, seine schroffe auf mich herabschauende Art. Hier gibt es keine Zweifel, keine Diskussionen. Er ist Herr, ich krieche hintendrein, bereit mich seinen Befehlen zu beugen, jederzeit an jedem Ort.

Herrlich frei fühle ich mich dabei, wie in einer wundersam einfachen Welt, vergessen all die Alltagsprobleme und jeder Streit. All die Kompromisse, welche wir im „normalen Leben" eingehen müssen, um meine Versklavung real leben zu können, hier sind sie weit weg. Rücksicht auf Beruf, Familie, Freunde und Umfeld, das alles müssen wir hier nicht beachten, können ganz wir selbst sein: Das Herrchen und sein Hund.

Ich schätze es ja, dass er mich mit Intelligenz und Feingefühl führt, dass es hinterfragt und sich nicht nur auf sein Urteil verlässt. Es macht mich stolz, dass er der Richtige ist, der nicht nur auf den eigenen Vorteil und die eigene Befriedigung guckt. Aber manchmal braucht Sklavin auch die harte Hand.

Dann will ich keine Rücksicht! Nicht auf den Besuch meiner Schwester, den Stress im Beruf und auch nicht, habe ich die viel zitierten Tage. Dann will ich Fleisch sein, das es für ihn zu formen gilt. Gezüchtigt will ich sein, erschreckend aber doch wahr.

Selbstredend hat diese Münze aber zwei Seiten.

Auch Johann genießt es durchaus, am anderen Ende der Leine um meinen Hals zu stehen, doch auch ihn lenkt das Leben dort draußen ständig ab.

Es ist geradezu unmöglich, immer nur stark und ohne Zweifel durchs Leben zu gehen. Auch er hat seine Tage, auch er ist manchmal gar nicht so dominant.

Er liebt mich, das ist ein weiteres Problem, hört es sich auch nicht so an. Liebe macht abhängig und schwach. Wen man liebt, dem vergibt und mit dem leidet man auch mit. Keine sehr gute Position im täglichen Machtkampf mit dieser aufbrausenden, nach Führung darbenden Frau.

Der Wasserstahl erwischt mich gänzlich unvorbereitet, er ist eiskalt. Unwillkürlich kauere ich mich zusammen, versuche verzweifelt, die empfindlichen Körperteile wie Kopf und Scham zu bedecken: aussichtslos.

Lachend steht mein Herzbube da, die Düse des voll aufgedrehten Wasserschlauchs in der Hand, den Strahl richtet er gnadenlos auf mich.

„Sitz! Platz! Toter Hund!" bellen seine Befehle über den in grelles Sonnenlicht getauchten Platz, ich gehorche und halte brav hin, bis er zufrieden abdreht.

Zitternd vor Kälte liege ich schließlich rücklings da, alle Viere in die Höhe gestreckt, eine Position, welche mein Herrchen ganz besonders liebt.

Nackt, weit ausgestellt mit präsentiertem Geschlecht, so mag er seine Hündin, fasst er sie auch niemals dort unten an. Nein, um Sex geht es bei diesem Spielchen um Erniedrigung, Vertrauen und Gehorsam nicht, werde ich auch völlig geil und feucht, als er sich über mich beugt und meinen schlotternden Körper ohne Gnade hart mit der groben Hundedecke trocken rubbelt.

„Wir wollen doch deinen Dreck nicht im Haus", flüstert er, einzig sein lapidarer Kommentar zur erlittenen Strapaze erreicht mich fast nicht.

Mit geschlossenen Augen liege ich da, genieße seine Berührungen und den damit einhergehenden, süßen Schmerz. Johann bemerkt dies, kennt mich einfach schon zu gut und gönnt mir meine kurze, sinnliche Flucht.

Bin ich auch längst trocken, so reibt er doch weiter, bis meine Atmung zu leichtem Stöhnen wird, dann hört er unversehens auf.

Mit einem:

„Auf du Schlampe, ab ins Haus", bringt er mich in die Realität zurück, die Leine bereits wieder in der Hand. Mit straffem Zug führt er mich fort, nicht ohne mich wissen zu lassen, dass wir für meine Durchtriebenheit später noch eine halbe Stunde im Freien Apportieren üben werden. Mein Gummiknochen hierfür liegt angeblich schon bereit.

Im Wohnzimmer ist mein Plätzchen hergerichtet, eine weitere Decke liegt auf dem Boden neben der Couch.

Hier lässt er mich wieder Platz machen: Ich hoffe, ich halte die Geilheit und diese Tortur zwei volle Wochen lang aus.

- Service Management System -

Die Nachricht kommt zum denkbar ungünstigsten Zeitpunkt. Das Einkaufszentrum ist stickig, der Einkaufswagen voll und ich bereits einigermaßen gestresst, als das Handy in meiner Hosentasche vibriert.

Er ist dran, das ist mir sofort klar. Auch den Text seiner Nachricht kann ich mir mittlerweile denken.

Dennoch beginnt mein Herz plötzlich zu rasen, mein Gesicht läuft rot an und im vorderen Schrittbereich meiner Hose wird es augenblicklich eng.

Der Sechserträger Cola Light in meinen Händen wird egal. Hastig stelle ich ihn zurück und fingere mein Smartphone aus der verwaschenen Jeans, Augen für die Menschen um mich herum habe ich dabei nicht.

„Du hast 10 Minuten!" steht da im Display, mit einem ach so lustigen, grinsenden Smiley verziert. Ich sehe mich um, das wird knapp.

Gedankenverloren schiebe ich den Einkaufswagen achtlos in einen der weniger frequentierten Gänge und beginne, hastig Richtung Ausgang zu gehen. Dann schließlich, als ich den Impuls nicht mehr länger beherrschen kann, laufe ich los.

Getroffen habe ich Big Mike, der eigentlich Michael heißt, im wirklichen Leben noch nie. Dafür bin ich zu vorsichtig, noch jedenfalls.

Zufällig trafen wir im Chat einer bekannten Single Plattform im Netz aufeinander. Wir gerieten ins Quatschen über die jeweiligen Szenen unserer Heimatstädte, verstanden uns auf Anhieb gut und noch am selben Abend brachte er mich schon per Telefonanruf ins Bett.

Bestimmend konnte er sein, dieser Heizungsmonteur aus Hamburg, doch im Gegensatz zu meinen bisherigen, nicht sonderlich zahlreichen Eroberungen, auch verständnisvoll und besorgt.

Er ließ mich fühlen, was es bedeutete, in jemandes Hand zu liegen.

Bei ihm konnte ich alles rauslassen. Meine ganze Unsicherheit, ohne Angst, dafür ausgelacht oder belächelt zu werden. Er interessierte sich nicht nur für meinen knackigen Arsch, er interessierte sich für mich.

Sicher, eine Fernbeziehung war nicht gerade der Plan des aus einem konservativen Vorort in die Schwulen-Hauptstadt Köln ziehenden zwanzigjährigen namens Josef gewesen, aber das Leben schreibt seine eigenen Geschichten.

Vier Wochen ging das Ganze jetzt schon. Achtundzwanzig Tage, an denen wir zwei, drei, ja bis zu vier Malen täglich stundenlang miteinander schrieben und sprachen.

Dass ich selbstverständlich neben ihm mit niemand anderem chatten solle, habe ich geschluckt, so fing die Kontrollübernahme ganz harmlos an.

„Wenn das hier was werden soll, konzentrieren wir uns ab jetzt nur noch auf uns, oder?", hatte Mike mit diesem verständnisvollen und unglaublich durchdringenden Tonfall in der Stimme bereits am zweiten Abend unseres Kennenlernens gefragt, und selbstverständlich hatte ich ihm da völlig zugestimmt.

Es fühlte sich gut an mit diesem Mann, nicht so gehetzt wie in der freien Wildbahn dort draußen, in den Klubs und Bars, wo naive Jüngelchen vom Lande wie ich schnell als Frischfleisch erkannt und entsprechend bedrängt wurden.

Ein Grund meiner Flucht in die Großstadt war gerade die Anonymität gewesen, welche mich befreien sollte, aber diese Befreiung hatte bald zu Verlorenheit und letzten Endes zum Rückzug aus der Szene geführt.

Es war ein tolles Gefühl, sich endlich nicht mehr verstecken und verspotten lassen zu müssen für das, was man ist. Was ich aber suchte, das fand ich hier leider nicht.

„Ich achte ein bisschen auf dich, dass du mir nicht unter die Räder kommst, okay?", war Mikes unverfängliches Angebot an jenem vierten Abend unserer beginnenden Beziehung. Wieder willigte ich bereitwillig ein, high von dem Gefühl um meiner selbst willen gewollt, begehrt und etwas wert zu sein.

Langsam, ganz langsam zog sich die Schlinge dann zu.

Er ließ mich Fotos meiner Kleidung machen und wählte die ihm gefallende Kombination für den jeweiligen Tag aus. Ich ließ es geschehen, fühlte mich ob der Aufmerksamkeit geschmeichelt und ob des Kicks erregt, welchen ICH diesem Mann offenbar selbst aus der Entfernung verschaffte.

Es wurde unser Spiel, ein irrer Ritt, und ich war nun einmal das Pferd. Er bestimmte bald über meine Einkäufe, meine Schlafenszeiten und schließlich auch über meinen Sex.

„Ist doch selbstverständlich, dass ich Teil deiner Orgasmen sein will, oder?", fragte er. Verbat mir somit jedweden Sex oder auch Selbstbefriedigung ohne seine Erlaubnis und ich willigte wieder einmal ein.

Alles war wie ein Rausch, aus welchem es kein Entkommen gab. Aber suchte ich überhaupt danach? Nein, ich genoss es hingegen, nicht mehr allein zu sein und doch völlig sicher, fremd bestimmt und doch seltsam frei.

Die Toiletten liegen direkt hinter dem Eingang auf der linken Seite, das habe ich bereits beim Betreten des Einkaufscenters registriert. Ich bremse ab, komme schließlich zum Stehen, reiße die Türe mit dem schwarzen Männlein darauf auf und stürme hinein.

Ein bestialischer Gestank schlägt mir entgegen. Ein älterer Mann starrt mich vom Handwaschbecken her fragend an, doch ich gehe einfach an ihm vorbei und nehme das alles kaum wahr.

Ab in die Kabine. Handy raus und Hose runter, so stehe ich eine Sekunde da, starre auf das aufflackernde Display und checke die Zeit.

Vier Minuten noch. Alles, was mir bleibt.

Fix falle ich ohne Rücksicht auf etwaige Spuren vorheriger Benutzung vor der Porzellanschüssel auf die Knie, halte das Handy mit ausgestrecktem Arm vor mich hin und beginne zu masturbieren.

Ich schließe die Augen, verzweifelt darum bemüht, alles auszublenden, was mich hier so stört.

Nur nicht dran denken, an den alten Sack hinter der Türe, den bestialischen Gestank und den in der Kabine neben mir auf dem Pott sitzenden Typen, der den Raum seit meinem Eintritt bereits mit einigen Fürzen noch zusätzlich verpestet hat.

„Konzentrier dich auf ihn, sei gehorsam Sklave", brabbele ich mir selber vor, mache mir damit verzweifelt Mut, und tatsächlich trägt mich dieser Gedanke an meinen Herrn davon - es gelingt.

Drei heftige Schwalle ergießen sich ins vor mir aufgeklappt dastehende Klo, Schweiß rinnt mir über die Stirn, ich bin erlöst und matt.

Einen Wimpernschlag Orgasmus Entspannung nur, ein kurzes Durchatmen, dann fange ich mich, tippe behände auf den Touchscreen meines Telefons herum und klappe es schließlich einigermaßen am Ende meiner Kräfte zu.

Auf den Knien verbleibe ich noch geraume Zeit, säubere zunächst mich, dann den Lokus und schließlich den Raum. Schweißgebadet stehe ich letztlich auf, ziehe mich an und werde mir der Situation schmerzlich bewusst, in der ich mich hier befinde.

Mit hochrotem Kopf verlasse ich schließlich die Kabine, den Blick unauffällig vor Scham zu Boden gesenkt, doch gerade, als ich durch die nächste Türe will, diesem Albtraum aus Urinstein und Scheiße entfliehen, da vibriert es auch schon in meiner Hand.

„Schönes Video mein Josef!" steht da, dieses Mal nicht von einem gehässig grinsenden Smiley gefolgt. Dafür von einem zweiten Satz meines Herrn:

„Halte dich für weitere Abmelkungen bereit!"

- Ostereier -

Schon der erste Tritt ist ein Treffer, sitzt ziemlich gut.

Völlig überraschend trifft er Nico, direkt zwischen die lässig ausgestellten Schenkel, schickt in Nanosekunden brennenden Schmerz in seinen Körper und lässt ihn in einer Mischung aus Verwunderung und Pein deutlich hörbar aufstöhnen.

Mehr Reaktionen zeigt er nicht, kann er auch kaum, denn das Abteil ist gut belegt.

Neben uns, den zwei frisch Verlobten auf dem Weg zum Osterbesuch bei seinen Eltern, sitzen hier noch zwei Frauen mittleren Alters und eine junge Studentin mit blondem Pferdeschwanz, welche ob der ruckartigen Bewegung in ihrem Augenwinkel kurz vom obligatorischen Laptop aufblickt, sich dann aber sogleich wieder ihren Tasten widmet.

Die beiden Damen, vertieft in ihre „Galas" und „Tinas", bekommen von all dem erst gar nichts mit. Auch nicht, wie Nico mich genau so lange fragend mustert, bis er begreift, dass mein Tritt nicht nur mit Absicht, sondern zudem auch rein zu meinem Vergnügen erfolgt ist.

Breit grinsend sitze ich ihm gegenüber, aale mich im Anblick seines Unbehagens und dem lächerlichen Schauspiel, mit welchem er seine Qualen in der Öffentlichkeit lässig zu überspielen sucht.

Langsam und doch verräterisch rutscht er auf der mir gegenüberliegenden Sitzbank des Abteilwagens hin und her, versucht ebenso verzweifelt wie erfolglos, durch Verlagerung des Körpers Linderung zu erlangen.

Draußen vor den Fenstern des IC 2217 von Hamburg nach Köln fliegt typisch deutsche Ackerlandschaft vorbei.

Hier und da ein Dörfchen. Nichts Interessantes, lediglich kleine Vorboten der in zwanzig Minuten erreichten Hansestadt Bremen.

Erschreckend ist so eine Landpartie quer durch die von Krisen geschüttelte Republik allemal. Vernagelte Bahnhofsgebäude, über und über mit Graffiti verziert und zudem tausendfach angepinkelt, so weit das Auge reicht. Verweißte Kneipen und Kioske, stille Zeugen ehemals florierender Stadtkerne. Einem zahnlosen Berber gleich, lächeln die Ruinen den Reisenden traurig zu, die Münder voller eingeschlagener Scheiben. Stillgelegte Bahnsteige überwuchert das Unkraut, Rückbau und Rationalisierung des Bahnbetriebes nach Privatisierung sei dank.

Ich wollte fliegen, uns die über vier Stunden dauernde Eingepferchtheit in dieser Zigarre aus Blech und billigem Velours ersparen. Mein Schatz aber fand Zugfahren viel romantischer, besorgte ohne Rücksprache die benötigten Tickets für uns und zahlt nun den Preis.

Es dauert einige Minuten, bis er sich wieder sicher und unbeobachtet fühlt, doch als er seine Hand wie zufällig Richtung Schritt wandern lässt, um die geschundenen Hoden zu begutachten, schlage ich erneut zu.

Der zweite Kick ist der Wahnsinn.

Mit einiger Schnellkraft und in leicht abwärts geneigtem Winkel trifft die Schuhsohle meiner Boots auf sein Gemächt. Das Hartgummi zieht seine Eier über die mäßig gepolsterte Sitzkante der Bank nach unten stramm und staucht sie sodann derart heftig zusammen, dass Nico sich erst wie vom Blitz getroffen steif in seinem Sitz aufrichtet, um anschließend - als die Sohle abrutscht und der Schmerz nachlässt - wie eine Gummipuppe mit Loch in sich zusammenzusacken.

Dieses Mal blicken auch die Damen auf. Verwirrt, aber irgendwie auch unterbewusst vorwurfsvoll ob der Unterbrechung ihrer Lektüre, starren sie zwischen uns hin und her, unschlüssig, was hier zu unternehmen sei. Ich lächle die beiden mit gewinnendem „Alles-wird-gut"-Charme an, wende mich dann meinem immer noch in sich zusammengesackten Nico zu und nehme dem Ganzen schließlich mit den Worten: "Wieder der Magen? Hoffentlich hast du keine Lebensmittelvergiftung!" gekonnt den Schrecken.

Eine kurze Weile diskutiert das Abteil nun, ob ein Schluck Wasser den Magenkrämpfen meines gepeinigten Verlobten eventuell Linderung verschaffen könnte, oder die Sache nur zu verschlimmern vermochte.

Dann richten sich endlich alle Blicke wieder dort hin, wo man eben hinguckt, wenn man mit Fremden auf engem Raum auskommen muss.

Mein Blick freilich nicht.

Der haftet auf dem sich windenden Zug-Fan, welcher sich tapfer mit Atemübungen aus dem mir zu verdankenden Tal der Schmerzen zu retten versucht. Wie ein Äffchen auf dem Schleifstein kommt er mir dabei vor: Lächerlich zwar, aber irgendwie auch sehr süß.

Als uns die blonde Studentin in Osnabrück verlässt und es mein Verlobter doch tatsächlich wagt, ihrem kleinen Teenagerarsch verstohlen nachzublicken, trete ich aus neu entfachter Wut erneut zu.

Wieder hält er sich tapfer, mein Punchingball. Wieder blicken die Damen irritiert auf. Doch dieses Mal braucht es nur ein entschuldigendes Schulterzucken meinerseits und sie wenden sich alsbald schon pikiert - aber mit zur Schau gestelltem Verständnis für den Kranken in ihrem Abteil - demonstrativ desinteressiert von uns ab.

Einen weiteren Tritt gönne ich mir unterwegs noch, nur so zum Zeitvertreib, bevor wir am Kölner Hauptbahnhof den Zug verlassen.

Das beim Herabheben der Koffer von der Ablage über unseren Köpfen kräftig in den Schritt meines Geliebten gerammte Knie, welches ihm vorübergehend die Tränen in die Augen treibt, hier selbstverständlich nicht mitgerechnet.

Ob seine Eltern den leichten Cowboygang wohl bemerken, als sie uns am Bahnsteig abholen und ihren Sohn liebevoll in die Arme schließen? Egal!

Ihn werden die Schmerzen während unseres Familienbesuchs jedenfalls an seinen Platz in meinem Leben erinnern. Und den vor Geilheit an meiner nassen Pussy klebenden Tange, den bemerken sie nicht.

- Herrin J. -

Eines kannte die von Kopf bis Fuß in hautenges Latex gehüllte Frau nicht, sie kannte keine Gnade.

Mir war diese Tatsache nur allzu gut vertraut. War es doch nicht das erste Aufeinandertreffen der strengen Herrin mit diesem hilflosen, mit gespreizten Schenkeln nackt auf einem Gynstuhl vor ihr festgezurrten Sklaven.

Genüsslich betrachtete sie ihr Opfer, das Gesicht dabei ebenfalls von einer schwarzen, glänzenden Latexmaske verhüllt, welche nur Öffnungen für ihre Augen, Naselöcher und den Mund bereithielt.

Schweigend saß diese imposante Erscheinung minutenlang einfach da, die etwa siebzig Zentimeter messende Stahlgerte in der linken Hand. Im auf Hochglanz polierten, schwarzen Stoff ihres Catsuits, spiegelte sich der sie umgebende, flackernde Kerzenschein, was ihre üppigen Rundungen und ausladenden Brüste nur noch mehr zur Geltung brachte.

Die überall im Raum aufgestellten Kerzen, welche der Szenerie einen fast sakral zu nennenden Anschein verliehen, waren die einzig existierende Lichtquelle. Der Rest des gefliesten Kellers lag im Dunkeln.

Immer unangenehmer wurde die vorherrschende Ruhe, immer stärker der Wunsch, etwas zu sagen oder einfach zu schreien, einzig trauen tat ich es mich nicht.

Mein Gegenüber, die immer noch bewegungslos dasitzende Herrin J., verstand bei Ungehorsam keinen Spaß und ich war nun wirklich nicht in der passenden Lage, weiteren Groll gegen mich zu schüren.

Oberhalb der Treppe, welche in die Küche des von mir und meiner Angetrauten gemeinsam bewohnten

Einfamilienhauses führte, genoss ich weitreichend Narrenfreiheit. Hier unten bei dieser Frau aber herrschte die Gewalt.

„So, da sind wir also schon wieder, was?"

Die ruhig aber nicht ohne bedrohlichen Beiklang gestellte Frage beendete völlig unvermittelt die quälende Stille. Ich zuckte vor Schreck augenblicklich zusammen, schluckte trocken, hielt aber meinen Mund.

Jetzt ging es also los, ihr Verhör, das kannte ich schon.

Ganz langsam erhob sich das am ganzen Körper verführerisch funkelnde Geschöpf von seinem etwas erhöht mitten im Raum stehenden Thron. Ließ das Furcht einflößende Schlaginstrument lässig neben dem Körper baumeln und trat mit den Worten: „Ich dachte eigentlich, du hättest meine Lektion beim letzten Mal endlich verstanden und verwöhnst deine Ehefrau jetzt, wie es sich gehört Sklave?", direkt neben mich.

Eine, vielleicht zwei Sekunden herrschte erneut Stille. Dann durchschnitt ein scharfes Pfeifen die Luft und der Schmerz biss erbarmungslos in den Oberschenkel meines weit ausgestellten rechten Beines.

Kaum Atem holen konnte ich, da traf der drei Millimeter starke Edelstahl mich auch bereits erneut, schnitt brutal in das meine Innenschenkel bekleidende, empfindliche Fleisch und hinterließ eine weitere sichtbare Strieme.

Kurz, etwa einen und einen halben panischen Atemzug lang, hielt meine Peinigerin nun inne und gestattete mir, den ersten Schock zu verdauen.

Güte oder ein Zeichen menschlicher Regung war dies allerdings kaum. Eher labte sie sich an meinem Schrecken, inhalierte gierig meine Angst, bevor sie den ersten beiden

Hieben unzählige weitere folgen ließ. Stück für Stück die Innenseiten meiner Oberschenkel hinauf.

Ich schrie. Der Schmerz war kaum zu ertragen, einzig ändern, konnte ich daran nichts.

Reale Sekunden und gefühlte Ewigkeiten schlug sie so auf mich ein. Wie von Sinnen und doch derart kontrolliert, dass kein Streich sein Ziel verfehlte. Immer wieder traf mich der flexible Stahl, ließ mich an den angelegten Fesseln zerren wie ein Tier - erfolglos.

Der letzte Streich, ein kunstvoll ausgeführter Volltreffer auf meine schutzlos daliegenden Hoden, trieb Tränen in meine Augen und raubte mir auch noch die letzte Luft. Ich wurde ganz still.

„So ist brav, wir wollen dein Frauchen da oben doch nicht erschrecken", zischte es gleich darauf ermahnend in mein Ohr. Dann aber begann die Folter erneut und ich schrie und schrie..

Frauchen, so nannte Herrin J. meine mir Angetraute stets, immer mit jenem belächelnden Unterton, welcher durchaus abwertend zu verstehen und auch so gemeint war.

Meine Frau hingegen hielt große Stücke auf diese, samt Stiefeln wohl über einen Meter und achtzig messende, kühle Sadistin neben mir. Half sie ihr doch, ihren Frajo in Zaum und sozusagen auf den Zehenspitzen zu halten, ohne sich selber die Finger schmutzig machen zu müssen.

Ihr Frajo, das bin natürlich ich. Ein Mittdreißiger Bankangestellter mit leichtem Hang zur Selbstdarstellung und Manipulation, zweier nicht gerade beziehungsfördernden Eigenschaften also.

Anfangs lief trotzdem alles super mit uns. Die rosarote Brille auf der Nase und Schmetterlinge im Bauch suhlten wir uns in unserem Liebesglück, als gäbe es kein Morgen.

Alles wollten wir übereinander wissen, doch mit zunehmender Dauer der Beziehung wurde ich immer mehr zum Rüpel, war letztlich jegliche Uneigennützigkeit meinerseits aufgebraucht.

Ich liebte sie noch, liebe sie noch heut, einzig zufriedenstellen konnte mich unser Beisammensein seit Langem nicht mehr, weil sie zunehmend unter mir litt. Wir schliefen ein, wurden uns unseres Gegenübers zu sicher, zu gleichgültig und zu bequem.

Es gab keine Eroberung mehr, keinen Kampf. Ich musste mich nicht mehr nach ihr strecken, ganz im Gegenteil. Immer fürsorglicher und vergebender wurde sie mit der Zeit. Je mehr ich mich wie die Axt im Walde benahm, je mehr gab sie nach. Das machte mich irre. Für sie jedoch war es der Inbegriff von Liebe, weil Liebe doch alles verzeiht - für mich wurde es zur Qual.

Liebe ohne Leiden, der von Udo Jürgens für seine Tochter getextete Titel, ging mir alsbald nicht mehr aus dem Sinn. Wie langweilig das doch ist, ohne den Kitzel von Gefahr und Rausch, ohne den Kampf um den Geliebten und die Abgründe durch die er einen führt. Ich wollte das, all die Kicks und das Gefühl geführt zu werden, doch ohne ihre Liebe leiden, das wollte ich ebenfalls nicht.

Irgendwann glitten wir nur noch nebeneinander her, meine Frau und ich.

„Wie war dein Tag? Fahren wir am Wochenende zu meinen Eltern?“, was man in solch einer Zweckgemeinschaft genannt Ehe eben noch miteinander spricht.

Sie verstand meine seltsamen Probleme und Sehnsüchte einfach nicht, doch fand sie schließlich die benötigte Hilfe und alles änderte sich.

Herrin J. trat in mein Leben, auf Bitten meiner Frau.

Mich hingegen fragte niemand, laut Kommentar meiner eingeschnappten und eifersüchtigen Angetrauten, wollte ich das ja wohl mein Leben lang so haben.

Diese dominante Frau, die selbst ernannte Herrin, sie wurde das Damoklesschwert über meinem zeitweise zu hoch erhobenen Haupt. Wie ein böser, dunkler Schatten lauerte sie von nun an hinter meiner geliebten Frau. Allzeit bereit auf ihren Anruf hin hervor zu springen und mich zu züchtigen. Gnade kannte diese Dame, wie bereits berichtet, nun wirklich nicht.

War ich launisch, gemein, faul oder einfach ungerecht, meine Lebenspartnerin teilte es dieser rachsüchtigen Herrin umgehend mit. Meine Vergehen wurden genauestens registriert, ich sammelte Punkte für Ungehorsam, wie andere Menschen Tickets fürs Parken.

Konflikte der Art: „So was kann man dem geliebten Ehemann doch nicht antun", gab es auf diese Weise für meine Lebensgefährtin nicht. Wenn auch nur Spitzel in meinem Bett, welcher mir selber kein Haar zu krümmen in der Lage war, so wurde sie somit doch auch selber mächtig. Schließlich war sie es, die mich verpfiff.

Einer Art erwachsenes Kindermädchen mit der Nummer meiner strengen Eltern im Handy gleich, wachte sie nun über mein Tun.

Heute war es also nun wieder einmal so weit, ich war zu weit gegangen. Entnervt und doch erleichtert schickte mich meine Frau mit den Worten: „Geh in den Keller, Herrin J. ist bald da" die Treppe herab. Mir wurde mulmig, jetzt gab es kein zurück. Fast meinte ich, Triumph im Blick meiner Geliebten zu entdecken, während sie mich meinem Schicksal übergab. Ob ihr unser kleines Abkommen zu dritt aber gefiel, das zeigte sie mir nie. Sie hieß nicht gut, was dort unten im Keller geschah. Das Ergebnis aber, ein ausgeglichener, treuer und gehorsamer Mann, verachtete sie nicht.

„Was haben wir denn alles so auf der Liste?"
Die eisige Stimme erklang erneut, ließ mich zusammenzucken und riss mich aus meinen Erinnerungen. Immer noch lag ich mit - mittlerweile zitternden - Beinen wie in Trance da, beobachtete ängstlich, wie Herrin J. hämisch grinsend in die Hocke ging und eine kleine Liste aus dem engen Schaft ihres Lackleder Stiefels zog. Ich erschrak, jetzt würde es nur noch schlimmer werden.

Die Liste bedeutete nur eines: Weitere Schläge für jede Verfehlung, welche meine Angetraute dieser Frau aufgeschrieben hatte. Es gab kein Entkommen, keine Rettung, mir war das augenblicklich klar.

„Gemeckert bei der Bitte, deiner Frau den schweren Mülleimer raus zu tragen?", sagte die Stimme ganz leise, umgehend gefolgt vom Zischen der Gerte und dem mittlerweile wohl vertrauten Schmerz. Ich jaulte auf.

„Mit den Augen gerollt und abschätzig gelacht beim Gespräch über die Ängste deiner Frau vor dem Flug in den Urlaub?", fuhr Herrin J. ungerührt fort, dieses Mal gefolgt von gleich zwei Schlägen, ich schrie und schrie.

Wie lange meine Zuchtmeisterin ihr grausames Spiel noch derart mit mir trieb, ich weiß es nicht. Es mögen deren zwanzig Anschuldigungen gewesen sein, für welche sie mich schlug, vielleicht auch dreißig, meine Erinnerung ist nicht klar. Überdeutlich wurde mir hier jedoch mein Platz in dieser seltsamen Ménage à Trois gemacht: Zu Füßen der beiden Damen, von meiner Frau überwacht und unter der Peitsche meiner Herrin.

Wer nicht hören will, muss fühlen. Nichts wurde in jenen schmerzvollen Ewigkeiten der Buße deutlicher, als dieser weise Satz.

Ich büßte. Meine Verfehlungen und fehlende Selbstkontrolle, meine Launen und Unzulänglichkeiten, meinen Egoismus und meine fehlende Dankbarkeit. Ich büßte, wuchs daran und fühlte mich gleichzeitig gefangen und doch frei.

Endlich, vor Erschöpfung und Atemlosigkeit fast ausgebrannt, band Herrin J. das heulende Elend irgendwann los. Sorgsam legte sie die Fesseln beiseite und entfernte sich wortlos.

Ich stieg aus einem Pool der Schmerzen und Qual, gereinigt und unschuldig wie nie zuvor.

Leise wimmernd lag ich noch eine Zeit lang erschöpft da, betastete meine stellenweise leicht blutenden Wunden und sammelte mich.

Meine Kleidung lag, ebenso wie Jod und Verbandszeug, neben dem Treppenabsatz bereit. Ich löschte die Kerzen, schaltete die Neonröhren an der Decke ein und versorgte mich hastig. Der Sklave hatte seine Schuldigkeit getan, der Sklave konnte gehen.

Als er kurz darauf durch die Türe in die hell erleuchtete Küche im Erdgeschoss trat, schaute der Sklave kaum auf, derart schämte er sich.

„Na Franjo, alles wieder restlos klar für dich?", fragte ihn seine lächelnde, nicht mehr in Latex gekleidete, sich demonstrativ den Schlagarm massierende Frau Jasmin, aber zu mehr als einem Kopfnicken und einem gestammelten: „Völlig Schatz, Herrin J. lässt dich schön grüßen" als Antwort, reichte seine Traute im Moment selbst hier oben in scheinbarer Sicherheit nicht.

- Gedankenspiele -

Ich wünschte, ich könnte immer so gefesselt daliegen, hilflos ausgeliefert deiner Macht. Ich wünschte, es folgte auch im Alltag stets Strafe auf dem Fuße, bei jeder frechen Geste und jedem despektierlichen Wort.

Ich wünschte, du wärst jetzt hier, an diesem sonnigen aber einsamen Frühlingsmorgen, statt in deinem Büro zu sitzen und mir zu fehlen.

Weit weg im versnobten Zehlendorf schuftest du, wie jeden verdammten Montag in jedem verdammten Jahr, die Rente ist noch sehr fern.

All dies empfinde ich und schreibe es dir auch, noch bevor ich mich aus dem Bett erhebe, dem auf unserem Nachttisch liegenden Smartphone sein Dank.

Eine kurze SMS, gerade knappe vierzig Zeichen lang, und doch beschäftigt der Inhalt mich noch den ganzen Tag.

Nicht abwaschen lässt er sich, jener Gedanke, nicht einmal mit Seife. Fest haftet er in meinem Kopf, bleibt für mich sichtbar, wie für alle Welt die Striemen des gestrigen Liebesspiels an meinen Gelenken von Füßen und Hand.

Es ist so intensiv, so berauschend, gebe ich mich dir hin. Unsere Körper und Seelen verschmelzen fast.

Du wandelst in meinem Wesen herum, spielst mit meiner Psyche und offenbarst dich mir dabei, durch jede Abzweigung, die du wählst und jeden Schritt, den du dich weiter traust oder mich weiter zwingst.

Es wird nicht zu Unrecht gewarnt. Gefährlich ist die Kombination von kleinem Geist und einem bisschen Macht, denn nirgends zeigt Mensch so sein wahres Ich, wie in jenen Momenten, wo er selbige ausüben kann.

Du aber missbrauchst sie nicht, nutzt sie eher, um meiner Selbst und somit im Gegenzug auch dir, unbekannt nahe zu sein.

Jeder Blick, jedes Stöhnen und Zucken, du ordnest es genauestens ein, treibst mich mit Zuckerbrot und Peitsche genau da hin, wo es dir gefällt. Es gibt keine Zweifel, keine Diskussionen, nur Konsequenz.

Ich folge, kämpfe ich auch anfangs gegen Sturheit und falschen Stolz an.

Es dauert, bis ich mich endlich ganz ergebe und merke, dass man unter deiner Fuchtel unserem Ziel viel einfacher näher kommen kann.

Im so genannten „Spiel" funktioniert sie, unsere Machtverschiebung, doch wünscht mein Kopfkino sich so viel mehr. Die eine Hand im Nacken, die Hoden fest im Griff, gegängelt ein Leben lang, gehalten in Ketten und somit doch endlich wirklich frei.

Wie einfach wäre es doch, gezwungen zu sein, man müsste an sich selber nicht arbeiten. Dieser innere Schweinehund, du triebst ihn mir mit dem Rohrstock aus, doch was bliebe dann von meiner Hingabe selbst? Was ist Unterwerfung wert, wird sie erzwungen nicht gegeben?

Du dominierst mich gern, genießt es die Kontrolle zu haben, doch geht es über sexuelle Bezüge hinaus, erschrickst du über dich selbst. Mein Penis ist deine Kompassnadel, so kommt es mir manchmal jedenfalls vor.

Immer weiter kannst du gehen, solange er nur steht, denn dann kannst du dir ganz sicher sein, dass es mir auch ebenso gefällt.

Du machst das alles doch für uns beide, versicherst du dir immer wieder. Du quälst mich auch zu meinem eigenen Vergnügen, da kann es doch nicht wirklich böse sein, gaukelst du dir selber eine Art Gleichberechtigung vor. Eine Gleichberechtigung, die ich auf Teufel komm raus nicht will, doch du bist es, die unser Leben bestimmt, ich habe keine Wahl. Es macht dich an, die Aktive in diesem Spiel der Macht zu sein, doch auch außerhalb des Schlafzimmers wie selbstverständlich zu führen, kommt dir wie Missbrauch vor. Also zwinge ich mich, dominiere mich sozusagen selbst, brav zu sein.

Schuldig bleibe ich dir ständig den Beweis, dass mir ein Leben als dein Diener auch wirklich gefällt, viel zu leicht verliere ich den Weg, an dessen Rand meine Herrin keine Zäune stellt.

Du läufst nebenher, genießt die Dinge, die ich aus eigenem Antrieb heraus für dich tue, doch bin ich nicht willig, so brauchst du keine Gewalt.

Er steckt nicht in dir, dieser absolute Wille zur Macht, und oft bin ich mir nicht einig, ist dieser Mangel ein Segen für uns oder doch nur mein ganz persönlicher Fluch?

Ist es wirklich das Ende einer Reise zu sich selbst, wenn man die Antwort auf die Frage nach sich selber beim erzwungenen Abbild des Anderen Sucht? Kann es Liebe sein, den anderen so hinzubiegen, dass er einem gänzlich gefällt, und was bleibt dann übrig, vom Menschen, den man dereinst rief?

Könnte ich es überhaupt leben, dieses roboterhafte Leben als Sklave an der Leine, verlöre ich mich selber, alles, was mich ausmacht und auch meine Partnerin derart nicht?

Sie treiben mich um, die Fragen meiner Existenz, doch was wirklich zählt, das bezweifele ich hierbei nicht. Es sind nur drei Worte, deine Antwort-SMS schreit sie mir ins Gesicht. Vielleicht die Antwort auf all meine Sorgen und Ängste, da steht: Ich liebe dich.

- Our House -

Katja liebte den Berliner Sommer. Sie liebte das Sonnenbaden am Grunewaldsee. Den Geruch frisch gemähter Gräser, ja selbst das all abendliche Gezwitscher vor Paarungswillen und Sexualhormonen schier wahnsinnig kreischender Vögel auf Brautschau im der Villa nahegelegenen Wald.

Die Nächte waren nun mild. Die Tage wieder länger und schon vor Wochen war sie daran gegangen, all die knappen Tops, kurzen Röcke, eng anliegenden Kleider und transparenten Blusen aus den Schränken hervor zu holen, welche sie nur zu gerne zu jeder sich bietenden Gelegenheit in der Öffentlichkeit trug.

Zugegeben, die knapp einen Meter achtzig messende, schlanke und mit wohlgeformten Brüsten gesegnete Blondine mit dem Apfelpo konnte es sich wahrlich leisten, jedermann in ihrem Umfeld tiefe Einblicke auf ihren makellosen Körper zu gestatten. Dennoch aber blieb ihr Auftreten ständige Provokation für Wilmersdorfer Spießbürger.

Ein Umstand, welchen sie neben der Tatsache, sich öffentlich präsentieren zu können, gleichermaßen ungemein genoss.

Neid, Begierde, Lust, Missgunst und Scham, all dies förderte Katja nur allzu gerne bei ihren Mitmenschen zutage, ergötzte sich an den Reaktionen anderer auf ihren zur Schau gestellten Sex und geilte sich daran auf.

Zeigefreudig oder frivol nannte man diese Art abgemilderten Exhibitionismus in ihrem alten Umfeld anerkennend neudeutsch, was in Katjas Ohren immer irgendwie erregend und doch zugleich auch fast niedlich verharmlosend klang.

„Die zieht sich an wie ne dreckige Nutte", war hingegen der Kommentar ihrer Schwiegermutter in Spe zum Thema gewesen, keine zwei Wochen bevor sie - die Witwe eines ehemals führenden Industriemagnaten und Tochter eines SS Obersturmführers - qualvoll an Lungenkrebs verstarb.

Claude, ihren einzigen Sohn, alleinigen Erben und ganzen Stolz, hatte Katja da bereits längst fest im Griff gehabt.

Die Augen waren ihm fast aus dem Kopf gesprungen, als sie eines Nachts wie zufällig vor der Garderobe eines Nachtklubs aneinandergerasselt waren. Nicht ganz so zufällig allerdings, wie Claude bis heute glaubte.

Katja ließ ihn in dem Glauben, eine glückliche Führung habe ihm seine Traumfrau geschenkt. Klang es doch viel romantischer, als die Tatsache, dass sie sehr wohl gewusst hatte, wer der schüchterne Besucher des Etablissements war, welchem sie bereits seit Wochen hinterher jagte.

Sie hatte ihn studiert. Sein Verhalten und seine Persönlichkeit seziert, zudem seine Schwachpunkte analysiert. Sprach er mit jemandem, stand sie wie zufällig in der Nähe und lauschte, speicherte jedes seiner Worte mit dem einzigen Ziel ab, ihr Wissen irgendwann gegen ihn einsetzen zu können.

Es hatte Ausdauer gebraucht, einige lange Nächte, dann aber war es schließlich an der Zeit gewesen, auf Tuchfühlung zu gehen und die Ernte einzufahren.

„Ent.. Ent.. Entschuldigung", hatte Claude nach ihrem Zusammenstoß auf der Tanzfläche schier hilflos gestottert und da gestanden, wie ein Schluck Wasser in der Kurve.

Nicht in der Lage, aufzusehen und seinen Blick von ihren langen, in schwarze Netzstrümpfe gehüllten Beinen loszureißen.

„So eine Unverschämtheit", hatte Katja daraufhin zum Schein lauthals gewütet, woraufhin ihr Gegenüber augenblicklich vor Scham dunkelrot angelaufen war und seinen Blick nur noch tiefer gen Boden hinab zu ihren Heels gesenkt hatte.

„Dieses Schaf", hatte sie triumphierend gedacht und seine Blöße einen Augenblick still genossen, dann aber wieder die Kontrolle über sich erlangt und den am Haken zappelnden Fisch mit den Worten: "Dafür gibst du mir an der Bar jetzt schön einen aus Kleiner", gekonnt eingeholt.

Brav war er ihr in jener Nacht gen Tresen hinterher getrottet, war ihr einfach ohne Fragen blindlings durch die Menge gefolgt, wie er es seither stets tat, in jeder Sekunde ihres gemeinsamen Lebens.

Vorbei waren seitdem die Zeiten, in denen sie sich als Escort verdingen und ebenso angetrunkene wie notgeile Anzugträger in die Erotikklubs und Restaurants der Stadt begleiten musste. Sie wusste aus Erfahrung, was Männer hören wollten und was sie bereit waren, dafür zu tun.

Vorbei auch die geschwollenen, schmerzenden Füße nach durchtanzter Nacht in den Käfigen und an den Stangen der hiesigen Stripklubs, vorbei zunächst allerdings auch die Nächte ungezügelter Ausschweifungen, die geifernden Blicke der Zuschauer und die damit einhergehende Macht.

Ja, es hatte ihr anfangs wahrlich gefehlt, das wilde Leben fern jeder spießbürgerlichen Norm. Eingeengt wie in einen Schraubstock hatte sie sich zuerst gefühlt. Geradezu eingemauert von den Schranken und Tabus, welche die streng katholische Erziehung der Mutter in Claudes Geist errichtet hatte.

Schritt für Schritt hatte sie das aufbrechen müssen, was er als normal oder unnormal, Moral und Unmoral empfand, mit jedem Tabubruch ein kleines Bisschen mehr.

Er hatte ihr vertraut, sich zudem Hals über Kopf in sie verliebt und sich ihr somit nach und nach ausgeliefert. Er ließ sich gehen, sie hingegen hatte sich kontrolliert, ihn gekonnt manipuliert und immer weiterreichende Blicke in ihre ihm fremde Welt ungezügelter Lust werfen lassen. Immer genau so weit, dass es seine Neugierde weckte, ohne ihn abzuschrecken.

Dass er sie liebte, hatte Claude ihr das erste Mal nach gerade einmal fünf Wochen Beziehung offenbart. Sie hingegen war diese Aussage ihm gegenüber schuldig geblieben, blieb es bis heut.

Liebe, das war für Katja einfach ein viel zu kräftiges, beängstigendes Wort. Zuneigung, Stolz, Anerkennung, all dies brachte sie Claude zweifelsohne gegenüber, übernahm auch Verantwortung und zeigte Zärtlichkeit, aber etwas tief greifendes wie Liebe? Das würde sie sich wohl niemals zugestehen.

Ihre Zweisamkeit war anfangs eine Art Deal, eine Win-win-Situation. Er liebte, fühlte sich geborgen und sicher. Sie wurde im Gegenzug begehrt, genoss ihre Freiheit, seine Zuneigung, seinen Status und nicht zuletzt sein Geld.

Alles lief im Grunde prima, und doch reichte ihr ein solches Leben bald nicht mehr aus.

Es fehlte etwas, die Würze, das Risiko und der Kick, welcher das Herz rasen und einen gewahr werden lässt, dass man noch unter den Lebenden weilt.

Zusammen waren sie gleich nach dem Tod der Mutter in die elterliche Villa gezogen, hatten sich ebenso nett wie überaus kostspielig eingerichtet und es sich zur Aufgabe gemacht, sich den Alltag gegenseitig so angenehm wie möglich zu gestalten.

Dass dies für Claude bedeutete, seine Angebetete auf Händen zu tragen und ihr jeden Wunsch zu erfüllen, hatte Katja erwartet. Er war genau der Typ dafür. Schüchtern und zu einem Grade naiv, welcher ihn sowohl an die wahre, bedingungslose Liebe glauben, als auch seine durch Abstammung und Reichtum begründete Wirkung auf das weibliche Geschlecht unterschätzen ließ. Zugegeben, er war kein echter Hingucker, eher Bär denn Athlet, aber er hatte Umgangsformen und Stil. Erfahrungen mit Frauen waren Fehlanzeige, seine dominante Mutter die einzig echte Beziehung, die er jemals gekannt.

Kurz gesagt, Claude war ihr unterlegen. Sie wusste es und benutze diesen Umstand, dass seine Hingabe gar zu Unterwerfung werden würde, hatte Katja nicht erwartet.

Im Normalfall war es doch so, dass das Interesse von Männern an ihr nur eine Schwanzlänge weit reichte, aber ihr Claude war da anders. Er war selbstloser, feinfühliger und interessierter, als Katja es jemals erlebt hatte.

Dieser Mann dürstete so sehr nach Lob, wollte ihr um alles auf der Welt gefallen, und gelang ihm dies nicht, öffnete er eine Türe zu Bereichen seiner Seele, welche wiederum Katja in solcher Intensität bisher nicht kannte.

Strafe ist ein mächtiges Schwert im Kampf der Geschlechter. Wer strafen und sich entziehen kann, bestimmt den Weg, wer sich strafen lässt, der gerät in Abhängigkeit und liefert sich dem Gegenüber völlig aus.

Claude war dazu bereit, kannte es aus seinem bisherigen Leben als Ersatzmann an der Seite seiner herrischen Mutter nicht anders und nahm es ebenso selbstverständlich wie dankbar hin, dass Katja ihre Führungsposition in seinem Leben auch durch Zucht und Sanktionen festigte.

Er öffnete diese Pforte, Katja ging nur hindurch, doch alsbald weckte seine Schwäche ihr gegenüber eine dunkle Seite in ihr, welche das fehlende Teilchen im Puzzle ihres mittlerweile nach Spießigkeit und Langeweile stinkenden Lebens wurde.

Anfangs waren es nur kleine Gemeinheiten, erniedrigende Kosenamen oder unverdiente Launenhaftigkeit. Kleine Neckereien und Machtspiele, um zu sehen, ob er folgte.

Bald aber kam Katja an einen Punkt, wo es sie selber zu reizen begann, wie weit sie ihn wohl würde treiben können, bevor er widersprach oder sie gar verließ.

Sein Schwachpunkt spielte ihren Lüsten zu und war schnell gefunden. Eifersucht und Besitzdenken sind eines jeden monogamen Mannes weicher Kern.

Zunächst demütigte sie ihn einfach dadurch, andere Männer auf offener Straße begehrlich zu begutachten und sich schamlos lechzend nach ihnen umzuschauen.

Es erheiterte sie, wie passiv und verschüchtert er ihr eher seine eigene Unzulänglichkeit gegenüber jenen Männern eingestand, als seine Geliebte ob ihrer fremden Gelüste selbstbewusst zum Teufel zu jagen.

Bald schon quälte sie ihn mit allabendlichen Erzählungen ihrer ausschweifenden Sexfantasien, in welchen sie stets von „echten Männern" grenzenlos befriedigt wurde, wie er es selbstverständlich nie würde schaffen können.

Sie liebte diese Hirnficks, liebte ihre neu gewonnene Macht. Sie demütigte ihn bis zur Schmerzgrenze, und als all dies nicht dazu geführt hatte, dass er sich gegen sie erhob, fing Katja schließlich an, ganz offensichtlich in seiner Gegenwart um andere zu werben.

Schlimmer noch! Sie ließ ihn andere Männer auf sie aufmerksam machen, flirtete ausgiebig mit ihnen und stellte Claude dabei als Chauffeur vor, als was sie ihn auch des Öfteren nutze, wenn er sie zu ihren Dates fuhr und brav in Uniform und mit Mütze im familieneigenen Rolls-Royce vor der Türe wartete.

Katja zertrat sein Ego, zermalmte jeden letzten Rest seines Selbstwerts unter ihren Hacken, verlachte und bespuckte ihn doch - Claude blieb.

Nicht nur dass, je mehr sie ihn ihre Gleichgültigkeit ihm und seinen Bedürfnissen gegenüber spüren ließ, je zärtlicher und hingebungsvoller wurde er. Je weiter sie ihn hinab drückte, ihn entmannte und verhöhnte, umso mehr hob er sie auf ihren, ihr seiner Meinung nach zustehenden, herrschaftlichen Thron.

Was immer er erleiden musste, und sie wusste, dass er fürchterlich litt, er hielt es seiner Katja niemals entgegen. Ganz im Gegenteil, er bewunderte sie für ihre Härte und die Güte, ein Nichts wie ihn zu erdulden, nur umso mehr.

Dass sie sich alles nahm, sich offenbar nicht um seine Probleme mit ihrer Veranlagung kümmerte und allein ihrer Befriedigung Sorge trug, all dies legte er ihr als Stärke aus, ihr Egoismus und Sadismus machte sie für ihn unantastbar.

Ihr Wort war Gesetz. Nichts zählte mehr für ihn, nur sie, und so sehr es Katja auch verblüffte, dieses Leben schien ihm süße Freiheit und bitteres Joch zugleich zu sein.

„Vielleicht ist er auf seine seltsame Weise genau das, was mich im Grunde meines Seins endlich ganz mich selbst sein lässt", dachte Katja, während sie das Schlafzimmerfenster im ersten Stock öffnete und in den Garten der Villa hinab sah.

Frische, angenehme Sommerluft drang herein und vertrieb den Rest von Müdigkeit aus dem Zimmer, während die groß gewachsene Frau im knappen Negligé dastand und gelassen den ihr ergebenen Claude betrachtete, welcher auf der großzügigen Terrasse herumlief und fleißig die letzten Spuren der gestrigen Party beseitigte.

„Wie brav er doch ist", versicherte sie sich mit leiser Stimme voller Stolz selbst, dabei zurückdenkend an den Höhepunkt der letzten Nacht, als sie sich vor den Augen aller Gäste hatte über das Buffet legen und von hinten ficken lassen. Vor den Augen aller und selbstverständlich denen ihres Ehemannes Claude, welcher seine Kellnertätigkeit kurz unterbrochen und sie mit Tränen in den Augen ebenso wortlos wie ungläubig angestarrt hatte.

Einer Wachsfigur gleich hatte er nichts unternommen, nicht protestiert oder Ansprüche angemeldet.

Nur da gestanden hatte er, während sein eigener Gärtner sie mit wenigen Stößen zum Orgasmus katapultierte.

Ja, Katja liebte den Berliner Sommer.

Sie liebte das Sonnenbaden am Grunewaldsee, den Geruch frisch gemähter Gräser, selbst das all abendliche Gezwitscher vor Paarungswillen und Sexualhormonen schier wahnsinnig kreischender Vögel auf Brautschau im der Villa nahegelegenen Wald. Sie liebte die völlige Freiheit, welche dieser seltsame Mann ihr geschenkt hatte, und vielleicht, nur vielleicht, liebte sie auch ihn.

- Gartenparty -

Die Pflöcke sind schnell eingeschlagen, einzig das Wetter war bisher ein Problem. Warm musste es sein, zudem sehr sonnig. Eine Kombination, welche in der Voreifel nicht gerade alltäglich anzutreffen ist.
Geduldig habe ich gewartet, jedoch zunehmend angespannt, den geplanten Ibiza Urlaub meiner Sklavin dabei stets im Blick.
Sie hatte ihn sich verdient, den Drei-Tages-Trip unter Frauen. Verdient wie mein in sie gesetztes Vertrauen, aber man wusste ja nie.
Immer näher rückte das Abreisedatum, immer frustrierender wurde die andauernde Kälte. Würde ich doch meinem Plan B folgen und vor Reiseantritt der drei Freundinnen ins Solarium ausweichen müssen?
Geplant hatte ich das Ganze schon lange. Bereits beim Buchen der Reise und dem Gedanken an Sommer, Sonne und Strand, schoss mir jene erregende Fantasie durch den Kopf. Verwirklichen jedoch, ließ sie sich leider nie.
Dann aber war es endlich so weit, knapp eine Woche vor dem Abflug. Schon morgens stieg das Toluol, welches in romantischen Erzählungen auch gerne irrigerweise als Quecksilber bezeichnet wird, über die 22 Grad Celsius Markierung des im Schatten der Veranda hängenden Thermometers. Mittags dann brannte die Sonne erbarmungslos vom wolkenlosen Himmel.
Kein Lüftchen ging und es war an der Zeit, meine Geliebte für den Kurzurlaub entsprechend herzurichten.
Eine Dreiviertelstunde ist es nun her, dass ich die Wickets in Abständen von circa zwei Metern in den Boden trieb.

Gerade weit genug, um die dazwischen ausgestreckte Frau an Händen und Füßen sicher fixieren zu können, welche nun seit ebenfalls ungefähr derselben Zeit derart gefesselt nackt auf dem Rasen unseres Bungalow-Grundstücks liegt.

Ich hingegen sitze im Schatten, nippe hin und wieder an einer eiskalten Piña Colada und betrachte genüsslich das sich mir bietende Schauspiel.

Viel zu sehen gibt es hier nicht, mag der ein oder andere unbeleckte Zuschauer enttäuscht bemerken. Mir aber fallen die Feinheiten des Leidens deutlich ins Auge.

Wie sie sich windet, meine Kate, ebenso verzweifelt wie erfolglos darum bemüht, ihre Qualen durch die Verlagerung ihres Körpers irgendwie zu lindern. Wie sie zu kleinen Bächen werden, die anfänglich vereinzelten Schweißperlen auf ihrer blassen, samtenen Haut, bevor der ganze Körper schließlich von einem glänzenden Film überzogen beginnt, wie Elfenbein im Sonnenlicht zu glänzen.

Kein Laut ist ihr entfahren, seit ich sie zum Garen mit gespreizten Gliedmaßen an den hölzernen Spielmarkierungen des Krocket Spiels fixierte. Sehr tapfer ist sie, ich erkenne dies durchaus an.

Eine Viertelstunde gebe ich der Vorderseite noch, dann wende ich die Sklavin und fessle sie erneut. Sie, die Tochter aus gutem Hause und ehemalige Miss Meckenheim, lässt es widerspruchslos über sich ergehen, was meinen Stolz auf sie - angesichts ihrer fortgeschrittenen Ermattung - kurzzeitig gar ins geradezu Unermessliche steigen lässt.

Ein Kuss in den Nacken, ein geflüstertes: "Dann mal viel Spaß noch Kleines" und ich kehre zu meinem Drink zurück, überaus glücklich, mich dem Backofen dort draußen wieder entziehen zu können.

Kurz, wirklich sehr kurz, schäumt Mitleid für das von Sonnenstrahlen malträtierte Geschöpf in mir auf. Dann aber überwiegt die Lust am Leid des Gegenübers und die Gewissheit, das Richtige zu tun.

Zu Beginn unserer Beziehung war das anders, damals war sie noch die treibende Kraft. Gar nicht genug dominant und bestimmend konnte ich ihr sein, nicht strikt und gemein genug dazu. Mich schreckte das erst gehörig ab, fühlte es sich doch so an, als solle alles nach Ihren Vorstellungen laufen. Ein Herr auf Knopfdruck, das wollte ich auf keinen Fall sein. Sadist nach ihren Wünschen, nein danke!

Ich zog mich zurück. Beachtete ihre Ungehörigkeiten und Provokationen nicht mehr und erreichte so schließlich, dass sie mich auf Knien um Führung nach meinen Vorstellungen, meinen Lüsten und Gelüsten anflehte.

Angeblich bestimmt in Beziehungen immer der, der weniger liebt, aber so weit würde ich niemals gehen. Ich ließ sie lediglich kosten, wie ein gleichberechtigtes Leben sich auf Dauer anfühlen würde, und erlangte somit die Kontrolle über das, was wir uns als Beziehung erträumten.

Sie brauchte es, Sklavin zu sein, die nach meiner Pfeife tanzt? Gut, dann aber nach meinen Regeln und im Rahmen meiner Fähigkeiten.

Es waren schwere Monate, bis das störrische und egoistische Kind im Körper meiner Sklavin endlich begriff, dass es die erhoffte Sicherheit und Dominanz nur dann erhielt, wenn ich es wollte und genoss.

Sie wollte gezwungen sein, ich als Herr auch ohne Zwang anerkannt. Sie wollte durch Strafen und Verbote zum Gehorsam erzogen werden. Ich hingegen sehen, dass sie mir gegenüber aus sich selber heraus Gehorsam an den Tag legte, bevor ich sie durch Erziehung zu weiterreichender Unterwerfung und Hingabe zwang.

Versklavung ist weit mehr, als die gemeinsame Jagd nach dem nächsten Kick. Sie erfordert harte Arbeit, Kontrolle der Umstände und Kontrolle über sich selbst, um Selbige schließlich abgeben zu können.

Ganz langsam baute ich unser Zusammenleben Schritt für Schritt in die Version einer Beziehung um, welche ich für uns erdachte. Kate muckte hier und dort auf, fiel in ihr altes Muster zurück und stellte Ansprüche, zeigte auf der anderen Seite aber auch stets die benötigte Hingabe und Submission, mir das Führen als Steuermann dieses Zweierkajaks zu ermöglichen.

Sie nahm sich zurück, stellte sich hinten an und weckte dadurch eine Leidenschaft und Herrschsucht in mir, wie ich sie bis dato nie erlebt hatte.

Ein letzter Schluck vertreibt die Erinnerungen, von Kälte ist ebenso, wie vom großzügig dem Cocktail beigefügten Crushed Ice, nichts geblieben.

Immer noch betrachte ich die tapfer in der Sonne leidende Frau, sehe die Kontraktionen ihrer schmerzenden Muskeln und harre doch aus. Auch Erziehen will gelernt sein, ohne innere Stärke steht man Härte dem Geliebten gegenüber kaum durch.

Wohl zehn Minuten vor Ablauf der zweiten Stunde erhebt sich ein Wimmern, dann ein Klagen, doch ich beachte beides nicht.

Die volle Stunde muss es sein, auch für die Rückseite! Dann schlendere ich bewusst langsam hinüber zu meiner Braut, knie mich neben sie und hebe sie nach dem Lösen ihrer Fesseln behutsam auf.

Sorgsam bade ich Kate im Whirlpool des wohltemperierten Hauses. Ich löse die schwarz bedruckten Klarsichtfolien von ihrem Körper, creme sie anschließend von Kopf bis Fuß mit Feuchtigkeitscreme ein und betrachte sodann mein Werk.

Krebsrot und über alle Maßen erschöpft liegt sie vor mir. Das Gesicht vor Endorphinen und Stolz erleuchtet, einen jeweils ebenso hellen wie deutlich lesbaren Schriftzug über Scham, Brüsten und Gesäß.

„SKLAVIN" steht in unübersehbarer Druckschrift überall dort, wo die Buchstaben auf den wohl platzierten Folien das Sonnenlicht abhielten und die Haut unverbrannt blieb.

Ich grinse breit, streiche mit den Fingerspitzen vorsichtig die Umrandungen der Buchstaben auf ihrem geschundenen Körper nach und bin mir sicher: Kommt meine Sklavin heute auch wohl vor Schmerzen kaum zur Ruhe, bleibt sie derart markiert auch im 1600 Kilometer entfernten Sonnenparadies garantiert gehorsam und brav.

- Dessert -

Die Paradies Creme sieht wirklich köstlich aus.

Ihre luftige Konsistenz, die schokoladig braune Farbe und nicht zuletzt eine sorgsam darauf angerichtete, aufwendig gestaltete Verzierung aus gestifteten Mandeln, lassen mir schon beim reinen Anblick der Köstlichkeit das Wasser im Munde zusammenlaufen. Serviert in den Kristallglas Dessertschalen meiner längst verstorbenen Großmutter, wirkt das Ganze zudem durchaus edel, einer dominanten Dame wie mir somit vollauf angemessen.

Dies gilt jedenfalls für meine Portion, denn die meines Sklaven Ben habe ich bereits breit grinsend in den am Boden stehenden Hundenapf zu meinen Füßen umgefüllt.

Gekauft habe ich das Teil schon vor Wochen. Mir auch immer wieder genüsslich neue und erniedrigende Szenarien dazu ausgedacht, einzig der rechte Moment zur Einweihung, fehlte bisher.

Es reizte mich gleich, als mein Mann mich bat, verschieden Rituale und Umgangsformen unseres SM-Spiels auch in den Alltag zu übernehmen. Die Kicks und das im Schlafzimmer bereits installierte Machtgefälle zu meinen Gunsten wollten wir derart in unser „normales Leben" retten. Die hier mit den Jahren eingetretene Monotonie einer langjährigen Ehe somit verdrängen.

Wie zu erwarten wurde unsere Beziehung durch sein häufiges Strafknien, das Hinterhertragen der Einkaufstüten in vier Schritten Abstand, das ständige Adressieren meiner selbst als seine Herrin und das Dienen als mein Hausmädchen und Koch nicht umgehend zur 24/7 Session, aber es hinterließ durchaus seine Spuren:

Wir leben unsere früheren Rollen mittlerweile ganz selbstverständlich als Teil unserer Persönlichkeiten ständig miteinander aus.

Ein überraschter Blick hinunter zu seinem Napf, ein paar kurze Befehle meinerseits und schon kniet mein Sklave nackt davor, sichtlich irritiert und doch treu ergeben.

Ich hingegen lehne mich zurück, ergreife einen der von ihm auf dem Esstisch bereitgelegten Löffel, und beginne nach einem kurzen: „Los, anwichsen Sklave" damit, mir die Creme genüsslich auf der Zunge zergehen zu lassen.

Ben guckt immer noch, als habe entweder ich oder er den Verstand verloren, beginnt aber prompt, sein bestes Stück zu rubbeln, als gäbe es kein Morgen.

Kaum zwanzig Sekunden später steht sein kleiner Freund aufrecht. Ich genieße das mir gebotene Schauspiel, schiebe die himmlische Köstlichkeit in mich hinein und heiße ihn schließlich, mir kurz vor Erreichen seines Orgasmus nur ja Bescheid zu geben.

Noch bevor ich meine Portion Schokocreme intus habe, wimmert der mir ergebene Diener bereits ein gequältes: „Ihr Sklave ist bereit zu kommen Herrin, solltet ihr es denn wünschen" aus seiner vor Anstrengung atemlosen Kehle.

Ich wünsch es, kicke den Napf direkt zwischen seine gespreizten Schenkel und gebe ihm mit einem lässigen Fingerzeig zu verstehen, sich seines Unrates hier hinein zu entledigen.

Ein dicker, zähflüssiger, weißer Schwall männlichen Samens ergießt sich bald darauf über das Dessert. Die vierzehntägige Keuschhaltung und das tägliche Edging haben sich also wirklich gelohnt.

Ben verdreht die Augen. Seine Beine zittern unkontrolliert vor Lust. Doch schon, bevor er sich für die ihm zugefallene Erleichterung entsprechend bei mir bedanken kann, wie er es gelernt hat, versetzt mein: „Los Sklave, auffressen" ihm bereits den nächsten Schlag.

Ungläubig schaut der keuchende Dreibeiner zu mir hoch. Die Augen weit aufgerissen, stumm um Gnade bettelnd, welche ich nicht walten lasse.

Direkt nach erreichtem Höhepunkt, die Endorphine im Blut und vom so genannten Runner's High geschüttelt, fällt es meinem Sklaven sichtlich schwer, mir umgehend zu gehorchen. Mit prallen Eiern, vor Sehnsucht und Geilheit auf Autopilot geschaltet, dem Erguss so nahe, gehorcht jedermann gern. Nun aber, völlig entspannt und auf dem Tiefpunkt der eigenen Submission, braucht es extremen Gehorsam und Willen, sich der Ansage seiner Herrin über den eigenen Ekel hinweg zu fügen.

Ich weiß das, und es macht mich geil!

Einen kurzen Moment gebe ich Ben noch – dabei genüsslich in mich hinein lachend - sich zu überwinden, dann springe ich überraschend auf.

Ein Schritt nur, schon habe ich ihn am Schopfe gepackt und hinab gedrückt, die Nase nun kaum einen Zentimeter über der eigenen Soße.

„Ich sagte auffressen" wiederhole ich mich, vor Machtgefühl und sadistischer Wollust schier außer mir. Ich spüre seinen Kampf, spüre seine Abscheu und Ergebenheit, wie sie um seine Seele kämpfen.

Als er langsam seine Zunge ausfährt und widerwillig schleckt, komme beinahe auch ich.

„Geht doch", sage ich stattdessen, scheinbar ganz Herrin meiner selbst, trete etwas zurück und stelle meinen linken Fuß lässig in den Nacken meiner gebeugten Sau.

Wortlos, wie selbstverständlich, geben wir uns den selbst gewählten Positionen in unserer eigenen, kleinen Welt hin: Er dort unten, ich hier oben.

Nicht ein Bisschen, nicht einen Tropfen lässt er zurück.

Würgen tut er schon, einige Male sogar, was mir fast ein schlechtes Gewissen macht.

Allerdings nur, bis die naturgegebene Bosheit schelmisch kichernd obsiegt: Er hat es sich selbst gewählt, nun soll er leiden, für mich!

Schamerfüllt schaut Ben letztendlich auf, nachdem ich meinen Platz am Tisch wieder eingenommen habe.

Scham gemischt mit einem Schuss sklavischem Stolz, für welchen ich ihn so über alle Maßen bewundere und liebe.

„Sehr lecker dein Dessert Sklave", sage ich, mit einem ehrlichen, offenen und warmen Lächeln im Gesicht.

Dann füge ich zwinkernd ein strenges:

„Aber vergiss beim nächsten Mal die Sahne nicht!" hinzu.

- Der Cuckold -

Nicht auf geschädigte Haut oder Wunden auftragen, so steht es im Beipackzettel. Selbiges gilt für Schleimhäute, wie beispielsweise am Auge, im Mund und Genitalbereich, was meine Freundin allerdings nicht davon abhält, meine Hoden sorgfältig mit der Rheumasalbe einzustreichen.
Anschließend zieht sie einen eigens hierfür präparierten Latexsocken darüber, welcher stramm um den Ansatz des Hodensacks abschließt und meinen Penis vor ungewolltem Kontakt mit dieser Höllenpaste schützt.
Es dauert einige Minuten, dann beginnen Wärme und schließlich das Brennen, gegen welches ich mich - dank sorgsam an den Wohnzimmersessel gefesselter Hände und Füße - nicht wehren kann.
Katrin sitzt einfach da, raucht und liest mein Mienenspiel.
Als sie sich sicher sein kann, dass die volle Heizwirkung eingetreten ist, verlässt sie wortlos das Zimmer. Allerdings nur, um kurz darauf mit einem weiteren Socken in der Hand grinsend zu mir zurückzukehren.
In der anderen hält sie einen bläulichen, frisch aufgeladenen, wohl um die fünfzig Grad heißen Hitzepack, welchen sie kurz darauf um meine brennenden Testikel schlingt und sodann - ebenfalls mit zuvor erwähntem zweiten, abgeschnittenem Latexstrumpf – gekonnt sichert.
Ich lasse es geschehen, habe keine andere Wahl und sage kein Wort.
Einen Becher starken Punsch flößt sie mir noch ein, den Dritten oder Vierten an diesem regnerischen Nachmittag, dann setzt sie sich wieder hin. Direkt mir gegenüber auf die schwarze Ledercouch und betrachtet ihr Werk.

Mir bricht inzwischen der Schweiß aus.

Hitzewellen rauschen durch meinen Körper, breiten sich in meinem Unterleib aus und entspannen meinen Musculus cremaster, was bald darauf zu einer deutlichen Absenkung der gepeinigten Hoden führt.

Jener vom Rückenmark gesteuerte Fremdreflex dient normalerweise dazu, eine Überhitzung der Selbigen zu verhindern, doch gegen eine solche Hitzeattacke hat mein Körper keine Chance.

Katrin weiß das natürlich - beabsichtigt sie ja genau diese Überhitzung meiner Geschlechtsorgane - und ist sichtlich erfreut, als ich endlich meinen Kampf aufgebe, mich etwas entspanne und anschließend, kaum zehn Minuten nach Anbringen des Hitzepacks, endlich in mein Schicksal füge.

Nach einer halben Stunde, die Hitze hat kaum nachgelassen, erhebt meine Herrin sich erneut und tauscht den blauen Gel-Sack unter meinen Bällchen gegen einen frischen, ebenso heißen wie zu Beginn, aus.

Dieses Mal bindet sie meine tief hängenden Hoden sicherheitshalber noch zusätzlich mit einem Lederriemen ab, locker aber sorgsam. Abschließend wickelt sie noch ein dickes Frottee Handtuch um das Ganze. Wir wollen ja nicht, dass die Hitze wieder zu schnell verloren geht.

Ich will das eigentlich schon, muss ich auch gestehen, dass die Wärme und nicht zu vergessen der Alkohol, mich inzwischen in einen beinahe Trance ähnlichen Zustand versetzt haben.

Willenlos, so könnte man es beschreiben, umso mehr noch, als meine Herrin mir die Augen verbindet und die Kopfhörer ihres MP3-Players aufsetzt.

Der Singsang ihrer Stimme, die sich immer wiederholenden Befehle und Regeln vor leiser Hintergrundmusik, all das brennt sich - in der mich umgebenden Dunkelheit - bald schon unauslöschlich in mein Unterbewusstsein ein. Ich bin ganz weit weg.

„Du lebst nur, mir zu dienen. Jegliche Sexualität und Zuneigung erfährst du allein von mir, wenn ich sie dir gönne. Dein Zweck ist es, mich zu befriedigen, Ansprüche hast du keine zu stellen. Du bist mein Sklave, mein Eigentum. Jeglichen Befehlen hast du dich zu beugen, du dienst allein mir.."

Immer weiter geht das so, bis das Sound File sich schließlich wiederholt. Ein um das andere Mal, bestimmt eine volle Stunde lang.

Wie die Hitze-Packs währenddessen in immer kürzeren Abständen ausgetauscht werden, wie deren Temperatur ständig steigt und meine Körpertemperatur ebenso, merke ich fast nicht mehr.

Verhaltensmodifikation zur Veränderung unerwünschten Verhaltens, so nennt sich unser kleines Spiel wohl, wenn man in Fachkreisen darüber spricht. Ein wirklich mächtiges und effektives Mittel jemanden zu erziehen, in sein Unterbewusstsein einzudringen und Macht über ihn zu erlangen.

Aber es ist nicht der psychische Effekt allein, durch welchen diese überaus effektive Trainingsmethode besticht: Durch das Erhitzen der Hoden kommt es zudem zur Reduzierung der Samenproduktion. Ebenso sinkt der Spiegel des hier produzierten männlichen Sexualhormons Testosteron. Beides führt bald zu einem eingeschränkten Sexualtrieb, der Sklave wird somit folgsamer, selbstloser und bleibt wie selbstverständlich brav.

Wie ein kastrierter Kater, welcher nichts als die wohlige Wärme des heißen Ofens im kalten Winter schätzt, genau so will meine Herrin mich.

Selbstlos und ergeben Dienen, zudem freie Bahn geben für ihre sexuellen Abenteuer, dies sind die von ihr gegebenen Rahmenbedingungen unserer noch frischen Beziehung. Sie lasse sich doch nicht von einem Sklaven einschränken, in welchem Bereich auch immer, so weit ihre herrische Sicht der Dinge. Für die Launen, das Gezicke und das übergroße Ego ihres Sklaven, sei in ihrer Welt kein Platz.

Ich wusste ja, worauf ich mich einlasse. Es war für mich sogar Anreiz. Ein ungeheures Kribbeln, aber real leben, was da als Hirngespinst ständig im Hinterkopf des Cuckold ist, das steht auf einem anderen Blatt.

Ständiger Streit, verletzte Gefühle und gegenseitiges Misstrauen, so wollten wir bald nicht weiter zusammenleben. Eine Trennung aber wollten wir ebenso nicht. Ich wollte ja Dienen, nach ihren Vorstellungen und Lüsten, einzig in der Lage, dies auch durchzuhalten, das war ich nicht. Es brauchte eine Lösung, was es auch sei, ich war zu allem bereit!

Mein Zeitgefühl und meine ganze Orientierung gehen irgendwann flöten.

Meine Welt, das sind ihre Worte und diese alles verzehrende Wärme.

Ich meditiere ihre Dominanz, bis Katrin mir plötzlich die Binde von den Augen und die Kopfhörer von den Ohren reißt, zwischen meine Beine zeigt und ein triumphierendes: „Wir haben es geschafft Sklave! Schon beim fünften Mal, ich bin so stolz!" meine Monotonie unsanft durchbricht.

Es dauert eine Weile, bis ich begreife, den Blick senke und sehe, was sie derart frohlocken lässt.

Aus meinem schlaffen Penis rinnt ein dünnes Rinnsal Sperma zu Boden, gänzlich durchsichtig, ohne jede Spur von Samenzellen.

„Braver Sklave!", fügt meine Herrin strahlend ihren Worten hinzu und ergänzt sodann ein schmerzendes: „Das ist von nun an deine Art von Sex!"

Während Katrin es schon am folgenden Abend wieder in unserem gemeinsamen Schlafzimmer deutlich hörbar mit ihrem überdurchschnittlich gut ausgestatteten Liebhaber krachen lässt, sitze ich ermattet in der benachbarten Küche. Ich esse ein zur Belohnung für mein Durchhalten von ihr spendiertes Eis mit Sahne, verdrücke ein paar Tränen und höre zu.

Es sticht immer noch irgendwo und kratzt an meinem Ego, dass ich ihr nicht genüge, doch vielleicht darf Sklave solche Ansprüche wirklich nicht stellen?

Vielleicht ist sie das ja, die erstrebte Utopie genannt Versklavung, wenn man bereitwillig leidet, weil es dem anderen so gefällt?

„Ich lebe doch nur, ihr zu gefallen, das ist mein alleiniger Zweck", denke ich und beruhige mich bald etwas, stolz ob meiner Fortschritte.

Ich bin gewachsen, habe mich befreit. Oder hat nicht vielmehr sie in den letzten Wochen solch Gedanken in mein Hirn gepflanzt, mich programmiert und gefügig gemacht?

Ich bin mir da nicht mehr sicher, doch eins weiß ich gewiss: Dass ich bereit bin, mich für sie zu ändern, das ist für sie der schönste Liebesbeweis.

- Teenagerliebe -

Wenn Menschen seines Umfeldes über ihre Vergangenheit im Allgemeinen und hier besonders über die weit zurückliegende Schulzeit reden, scheint ihm ihr Blick immer auf seltsame Weise milde und verklärt.
Alles war lustig. Die Welt, in der wir lebten, für uns spannend und toll.
Er wird bei solchen Gesprächen meistens still, verdreht hier und da die Augen oder schaltet gleich gänzlich ab, denn für ihn waren die Jahre auf der Penne ein dunkler Tunnel, ein endloser Schlauch.
Zu Beginn, als noch das helle Licht des Tunneleingangs hereinschien, die Noten stimmten und es in der Grundschule mehr ums still Sitzen im Klassenzimmer, denn ums Lernen an sich ging, fand er die Sache OK.
Kindergeburtstage, Klassenfahrten, sogar die Reife für das Gymnasium sprang am Ende dieser Anfangsjahre für ihn heraus, von Mami und Papi gab's dafür Lob, Schultüten, Liebe, Kuchen und Eis.
Lachend ging's nach der vierten Klasse ab in die Sommerferien. Wieder fand sich der Junge an deren Ende allerdings in einer Schulaula mit über 200 Kindern, alles Neulinge auf der großen, grauen Schule wie er.
Ein paar warme Worte, ein Kuss der Mutter und ab ging's hinter die verschlossene Türe: „Das ist deine neue Klasse mein Sohn, viel Spaß."
Sich bilden ist eine tolle Sache, ganz im Ernst. Sportunterricht, Musik AG, Kunst und Sprachen, jeder schien hier bald sein Steckenpferd, seinen Platz zu finden, nur er fand sich irgendwie nicht.

Völlig verloren hielt er den Kopf unten, stand in jedem seiner Fächer solide drei und guckte vom sicheren Beckenrand aus zu, was da alles so vorbei schwamm.

Eines Tages war das Ursula. Die 8B befand sich gerade mal wieder auf Klassenfahrt und plötzlich waren sie ein Paar. Gut, dieser Umstand war mehr der Initiative einiger Mädchen aus ihrer Klasse, als seiner eigenen geschuldet, aber was machte das schon, er fand auch das OK.

„Ursula, die will mit dir gehen" kicherten sie, vor Aufregung ganz irr. Der Junge hatte keine wirkliche Ahnung davon, was dieses „Miteinander Gehen" eigentlich bedeuten sollte, verstand es aber als durchaus erstrebenswert und willigte somit ein.

Zunächst änderte sich dadurch nicht viel.

Auf der Heimfahrt saßen er und seine neue Freundin im Bus zusammen, zum Abschied gab's den ersten schüchternen, unspektakulär aufgedrückten Kuss.

Am Wochenende zu Hause schien ihm das alles dann irgendwie fern zu sein, wie ein nächtlicher Traum, doch am Montag ging dieses „Miteinander Gehen" tatsächlich auch im Schulalltag weiter. Er fand das, er wusste nicht wie - aber schon klasse, mindestens jedoch OK.

Jede Pause verbrachte das Paar von da an zusammen, allerdings waren sie dabei so gut wie nie allein, denn Ursula hatte eine beste Freundin.

Diese Freundin eifersüchtig zu nennen, wäre maßlos untertrieben, aber der Junge drängte sich auch nicht gerade auf. Der Typ, sie in ihre Schranken zu weisen und seine Freundin für sich allein zu beanspruchen, der war er einfach nicht. Er überließ solche Sachen Ursula, auch das fand er OK.

Zu dritt zogen sie nun also in jeder Pause über den Schulhof.

Dass der Junge dabei Stück für Stück immer mehr eher hinter Ursula her, denn im eigentlichen Sinne mit ihr ging, fiel ihm dabei gar nicht auf. Er hatte eine Orientierung, gehörte irgendwie irgendwo hin, und war er mal frech, gab's prompt einen von ihr drauf.

Der Vulkanier Spock mag den Griff in den Nacken des Gegners perfektioniert haben, eine beachtenswerte Schülerin seiner Kunst war Ursula jedoch mindestens. Wann immer der Junge frech war, nicht nach ihrer Pfeife tanzte oder einfach in die falsche Richtung ging, war plötzlich dieser Schmerz im Nacken da, ein Nervengriff der einen in die Knie zwingt.

Sie fragte nicht lange, er hingegen dachte sich nicht viel dabei und fand diese Art mit ihm umzugehen bald ziemlich gut, zumindest aber OK.

Es gab ihm halt, eine Art Schmerz-Navigationssystem im Umgang mit dem ihm unbekannten Wesen genannt Freundin zu haben. Ihr hingegen gefiel seine ständige Verfügbarkeit, so waren sie gegenseitig auf ihre ganz spezielle Weise füreinander da.

Ursulas beste Freundin fühlte sich bald nicht länger bedroht, lief sie doch mit ihrer Gefährtin voraus, er hingegen lief ja anscheinend nur hinterher.

Gott alleine weiß, wie weit sie noch so gegangen und wo sie nach Ende ihrer beginnenden Pubertät wohl gelandet wären, aber so weit kam es nie.

Die sogenannte „normale Gesellschaft" in Person zweier Mädchen aus ihrer Klasse schritt ein, packte den Jungen bei seiner noch unterentwickelten männlichen Ehre und er verließ Ursula zwischen Pausenbrot und Tee.

„Du trottelst der hinterher wie ein Hund", warfen die Beiden ihm unverhohlen vor. Das konnte der Junge doch nun wirklich nicht auf sich sitzen lassen, oder doch?

Ursula flippte aus, scheuerte ihrem nun Ex-Freund eine, doch mehr noch tat es im Inneren weh. Dass sie ihn von diesem Tage an nie mehr auf ihre spröde, herrische Art ansah, geschweige denn in die von ihr gewünschte Richtung zwang, fand er sehr traurig und bald war sein Leben wieder alles andere als OK.

Der tiefschwarze Mittelpunkt des Tunnels genannte Schulzeit war erreicht. Ein paar Monate später blieb er sitzen, mangelnde sprachliche Begabung half ihm dabei, die Zeit mit Ursula war dadurch endgültig aus und vorbei.

Dieses Mal gab es keinen Kuss von Mutti, es ging gleich in die neue Klasse.

Ein paar Jahre quälte der Junge sich hier noch, dann wurde es dank der möglichen Abwahl von ihm ungeliebter Fächer wie Englisch und Mathematik am Ende des Tunnels langsam wieder hell.

Abitur mit Zweierschnitt, erste sexuelle und materielle Errungenschaften: Der Beckenrandsteher von einst begriff nun langsam, worum es in dem große Spiel genannt Leben so geht.

Den Dreisatz, die Hauptstadt von Kenia und das Atomgewicht chemischer Elemente vergaß er schnell, was er damals aber aufgab, weil es anderen als unnormal missfiel, das vergaß er nie.

Ende